紅豆糕的歲月

陳志堅

紅豆糕的歲月

作者／陳志堅
策劃編輯／周淑屏
編輯／羅詠恩
封面設計・插圖／劉碧雲
美術設計／陳詩韻
出版發行／突破出版社
香港沙田亞公角山路 33 號突破青年村
電話：2632 0000　傳真：2632 0388
電郵：breakthrough@breakthrough.org.hk
網址：http://www.breakthrough.org.hk
http://www.btproduct.com
承印／陽光印刷製本廠
2017 年 3 月初版 1 刷
2025 年 9 月初版 5 刷

You Will Never Walk Alone

by Kiancast
First Printing, First Edition, March 2017
Fifth Printing, First Edition, September 2025

Printed in Hong Kong China
ISBN 978-988-8392-34-6

誠邀閣下就突破出版社的書籍發表意見

歡迎加入突破出版社 Facebook page — http://www.facebook.com/btbooks.page

本書採用環保油墨印刷

每一個
年輕人都應當
乘着夢想的
翅膀出航。

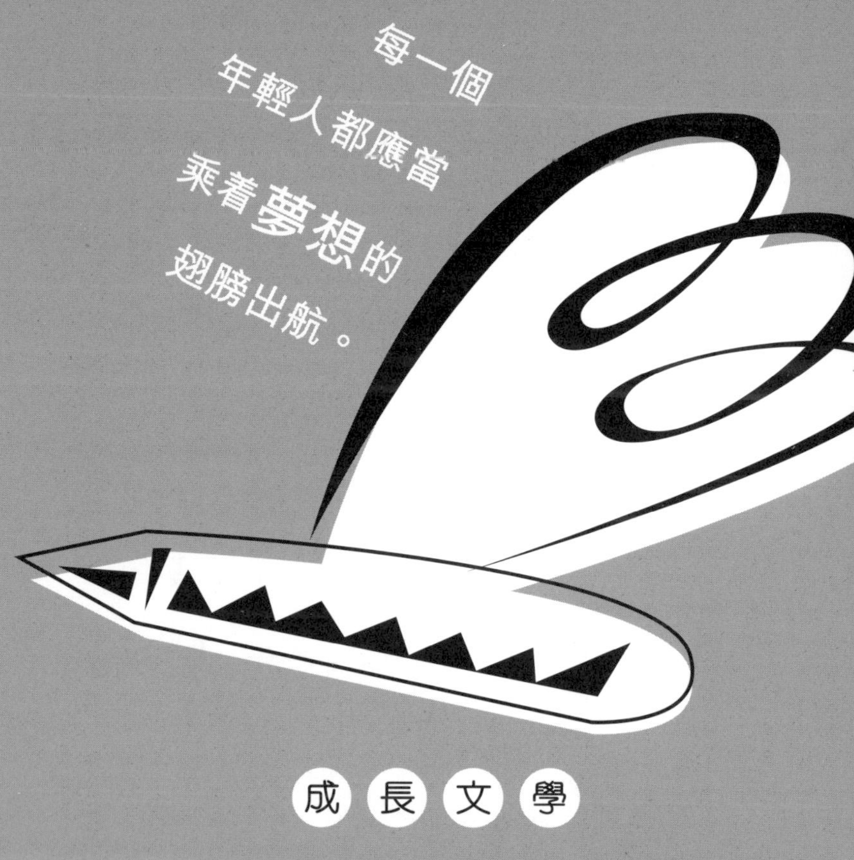

成長文學

目錄

序：能夠看見和感到

潘步釗

最初認識志堅，是在課程發展處中文組的會議。我坐在主席的座位，聽志堅發表意見，當中引述他在學校推動中國語文和文學的經驗，我一直印象深刻。後來有機會和他合作舉辦青年文學營，發覺他熱情正直，辦事認真，熱愛文學，更熱愛和學生相處，這樣的年輕文學教師，是文學教育成功的最本質因素，非常珍貴。後來他邀請我到學校主持創作講座，看見他學生的反應和參與，就知道這種想法沒有錯。

為志堅的第一本作品寫序，我榮幸欣喜。我一向鼓勵文學教師多嘗試創作，縱不能娛人，也能娛己；縱不能娛己，也必有助文學的課堂。文學教師能實踐創作，既對學生敢於創作有示範共鳴作用，也豐富自己的教學情懷和感覺，何況喜愛文學的人，創作與賞析的樂趣相生相長，文學課堂更加具體真實。我們要明白和相信，創作不是什麼作家的專利，這就像沒有人規定職業足球員才可踢足球，反而，踢足球得到最大快樂的人，往往都不是職業足球員。

書中許多故事和人物都觸動我，例如貧窮的學生俞海，畢業後把四百三十五元午飯錢還給老師；借攝影亮麗了平凡生活的陸銘，甚至是那憧憬着開咖啡店的「我」，情景鮮明，人物更鮮明，而且似曾相識。十五個學生的真人真事，我看見這時代孩子心境情思的複雜，也感到背後握筆老師的仁愛與柔情。能夠看見和感到，要衷心感謝滿懷誠意和良善的作者；當然，能夠看見和感到，因為我也曾是教師。

故事中的孩子，面對不同的困難和疑惑迷惘，無論是貧窮、頑疾，又或是人際溝通、愛情理想、父母相處等，都是獨特而普遍的。我彷彿初遇，但又似在過去的教學生涯中碰到不少。志堅在〈自序〉說寫本書要：「記下他們對真我的追逐，對自知自在的探究」，這是為人師思考觀察、守護在旁的關切與從容，只是目光稍為移挪，對於為人父的年輕作者，投入文學創作，用文字為自己的教學生涯描下歲月流光的指爪，意義不也是一樣嗎？

紅豆糕的歲月

自序

陳志堅

書中的故事都是真有其人，真有其事，改編而成為十五個獨立故事。

這些年來不少學生分別上演着獨有的生命劇本，且又彼此穿梭游走在別人的故事裏，原來生命就是這樣重疊、再重構，在起伏不定又變化多端的世代，人人都在塑造距離與描畫交錯的人生百態。

今天，似乎誰能在變幻中擺脱虛無，出其類，拔其萃，到底能活在眾人的期許中，幹一番大事業，何等美滿。怎曉得原來如此失措的追逐，只是在樊籠裏苦作一隻最彩豔的精衞鳥，豈不知，原來在樊籠以外，有着廣袤的世界，能讓我們在成長中樂活出這自由自在的安舒，悠然自適地尋找當下即是的理想生活。

這些故事或許有些賺人熱淚的情節，或許有些刻骨銘心的片語，或許上述二者皆沒有，哪怕是一些愛恨交纏的尋常生態，要呈現的就是學生們在成長中的幾許掙扎與考量，以及一些不為人知的存在意義。然而最終，就是要記下他們對真我的追逐，對自知自在的探究，從而讓讀者在這世代中，藉一些童稚的生活面貌，來再思我們的生活意蘊。

在這世代裏，願我們眾人都是自由的。

自由的翺翔——馬柔

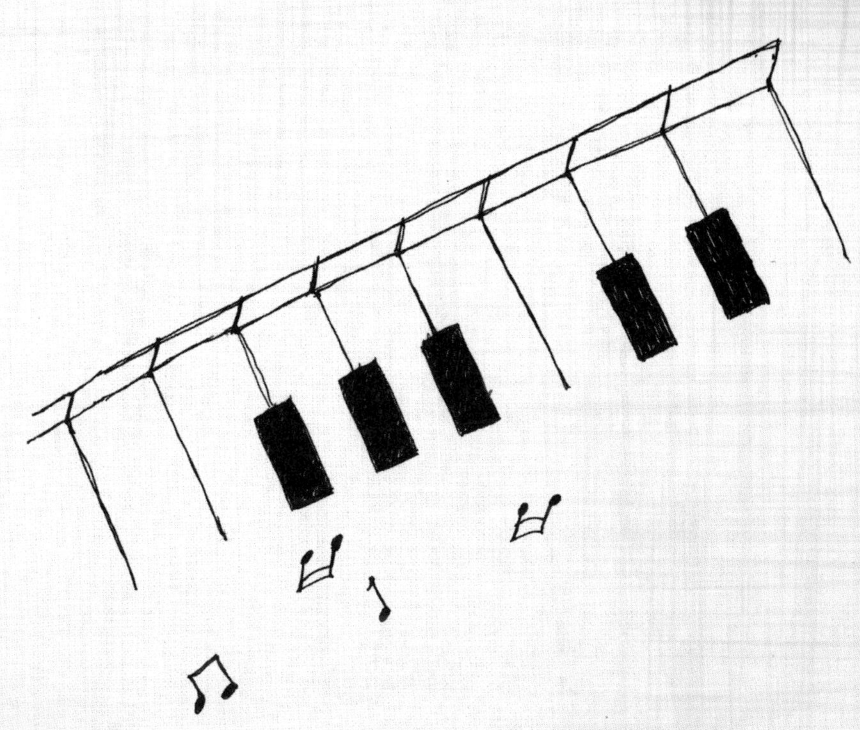

從早上九時至下午三時，琴聲一直在家中迴盪，六小時的練習過程中只兩次稍作休息，馬柔一直專注在黑白鍵和琴譜上。六小時裏媽媽一直在緊盯着馬柔練習，休息期間只許舒展筋骨、小吃點心和照顧生理需要。馬柔承認，那從窗戶飄來的炸雞翼香味鼓動了她不安分的食慾，黑白鍵大概沾上了雞油，手指稍稍滑鍵，媽媽就疾言厲色。馬柔心裏想着，女性到了某個年紀，說起話來歪七扭八的，一大堆戲謔言辭，到底都抓不着重點來。馬柔斷定，這個該死的下午，大抵就是這種水平，享樂欠奉，有時馬柔覺得自己就像麥兜，後面的麥太死命的要求女兒考上演奏級，就無所不用其極，有時馬柔倒希望媽媽仍會懷孕，為馬家添一隻小馬，分散注意力，馬柔就可以有一刻自在，猛力吸一口自己選擇的空氣，逃避那了無生氣的嚼蠟歲月，如果可以，馬柔恨不得自己就在滑翔傘上，自由自在地在天空飛翔。

演奏級還屬其次，媽媽不知從何聽說，當醫生就是成就，其餘的都可作廢。可是媽媽就是不明白為什麼女兒跟化學老師有仇，這老傢伙說起話來土聲土氣，學校就只懂聘請那些自己考試成績優秀，卻不懂教學的教學人員，最終是埋沒了一批優秀的人才。更重要的是媽媽從來都不曉得女兒怕血。血在沒有秩序和紀律下，毫無預兆地在四方八面溢出，馬柔數數自己頂多十隻手指，任她怎樣塞，血就只會變本加厲，不識趣地流至自己手上。天呀！那些可不是自己的血來的。馬柔覺得，醫生是太神聖的職業，不由得她這呆頭呆腦的人勝任。

馬柔自中學以來都是嬌小可人，皮膚白皙，頭髮纖細，她愛把頭髮束起馬尾裝，笑起來瞇着眼睛狀似逗人憐愛的貓兒。而中學裏的男生，時常都不知從哪裏來的英雄感，特別喜愛這類型女生，不知是否為了滿足個人的感官逸樂，男生都愛主動找上馬柔，言談間就兀自擠出一大堆意見，彷彿馬柔仍是在襁褓中，沒得男生們照料不成。其實馬柔心裏最是討厭這種男生，明明每天聽媽媽喋喋不休的吩咐這個那個，馬柔早已練得怎樣把說話停留在耳朵表面的本領，沒有聽進去是為了避免觸動情緒，然而意見仍須保留着是為準備那突如其來的質問，方便回應，這樣在聽覺上的中庸是馬柔最引以為傲的伎倆。如今男生們忽然竄進馬柔的生命裏，以割盲腸般直截了當的方式給予公式化的分析和判斷，馬柔除了覺得自己的耳朵給蹂躪了片刻，她總不明白這些過分自大的男生，何以還以為自己的三言兩語就能解決自己從小至大的困擾？直至有天，人影紛沓，在校園的走廊盡頭，馬柔覷見那個身形與自己近乎相同的小男生，他鬱結的目光正向遠處眺望着，默默無語就像在思考如何拯救蒼生的哲人，馬柔自那刻開始就注意起莫榮。

說到拯救蒼生的責任，媽媽都以為自己女兒是最合適的。這些年來，馬柔按媽媽的吩咐，鋼琴考獲八級，小提琴都是八級，法文完成了中階課程，芭蕾舞考獲專業級，每年暑假四處遊學，歐洲、美加、澳紐、日韓都已遊歷過，抽屜裏還有無數的朗誦比賽獎狀，今年媽媽的目標是馬柔在 IELTS 考試中考獲九分，媽媽說英語水平好對唸醫科很重要，唸醫科的前途很吃香。說到底馬柔就是無膽量告訴媽媽自己不愛醫科，其實馬柔心裏一直喜愛的，是唸戲劇。馬柔喜愛戲劇還得感激媽媽，媽媽從小就吩咐馬柔看書，狄更斯的《雙城記》、珍．奧斯汀的《傲慢與偏見》、雨果的《巴黎聖母院》，莎士比亞的名著中馬柔最愛《仲夏夜之夢》，然而有天馬柔認識了啟蒙時期歌德的《少年維特的煩惱》，又竊自閱讀了存在主義和現代主義代表作——卡夫卡的《變形記》英譯本，馬柔頃刻發現，多少劇作或小說所寫的故事和人物，恰巧是她自己或身邊人的寫照，大概母親這格律化的刻板生活公式，只有小說中的人物思潮可以將之拆解。有時，馬柔甚至希望自己就在故事世界裏，或者比起眼底下的人生更美。

久而久之，馬柔心中對媽媽產生一份抗拒。星期六的傍晚，馬柔外頭穿了大毛絨衣禦冷，未幾走至街外，她將大衣鈕扣鬆開，裏頭是輕薄衣裝拼迷你短裙，露出一雙羸瘦的腿來。這夜馬柔約了莫榮，兩小無猜往電影院看電影，然後二人於公園奔走互相追逐，忽爾公園裏頭來了幾隻孤魂野鬼——百無聊賴又身材鼓脹的金髮青年，圍在一塊遊往馬柔方向蹣跚走來，馬柔自出娘胎以來未曾碰見這樣，身體抖瑟瑟後渾身麻木，慌得雙手挽着莫榮。莫榮倒是首次有女子挽手，決然心裏一股暖流鼓動着男兒氣概，他就牽着馬柔從幾個青年中衝出去了。二人拚命奔走，像逃離終將吞噬二人的那份幽暗，他們都不理睬後頭一陣狂呼亂叫，莫榮就把馬柔的纖手握在掌中，直走至橋頭的對岸。

只見二人稍作停留，氣喘喘的仍在手足無措，二人故作不以為意，手卻仍舊十指交纏，一直沒有放開過。馬柔一直沒有作聲，就在等候莫榮説話，莫榮眨了幾眨眼睛，就勇毅地對馬柔説：「要解決你媽對你的綑縛，唯一方法就是離家出走。」馬柔聽後眼睛瞪着，從前別説行動，就真箇想都不敢想，這真是太匪夷所思了吧！馬柔輕輕地瞄着莫榮，雖然知道這是不可能發生的，但她心裏倒是非常佩服莫榮；莫榮就在此際輕瞥了馬柔一眼，然後又向遠處眺望，就像馬柔首次在走廊上看見莫榮時一樣。馬柔心裏斷定，她已經初戀了。

這天晚上大概是馬家最懾人的一夜。媽媽這夜不知撥電給馬柔多少遍了，馬柔老是不接，原本說好八點正回家，今夜馬柔十二時許才回去，大概是要向媽媽宣示，自己已經長大了。只見馬柔甫踏進家門，緊抿着輕薄的雙唇，氣急敗壞的繞過客廳，打算一逕往房間裏去。倏地媽媽手掌猛力拍打飯桌，「呯！」的一聲把馬柔原來的雄心都震裂了，媽媽一雙大眼鼓着，吆喝着直往馬柔處衝，扯着馬柔的毛絨外衣，險些把鈕扣扯開，馬柔一個踉蹌，差點兒仰後一翻，然後媽媽雙手按在馬柔頸脖上，直向馬柔訓斥。馬柔本來打算就在這次鼓起勇氣，宣洩一直以來的氣結與酸澀，可是她在媽媽歇斯底里的嘴喃喃不停之際，竟發現媽媽的眼睛那閃爍爍的淚珠原來一直強忍在眼眶內，直至媽媽一眨眼睛，那兩滴淚兒剛好打在她那毛絨大衣的鈕扣上。馬柔清晰地從媽媽棕黑色的眼珠裏，驚見那個叛逆不馴、自以為是的自己。馬柔的嘴皮抖動了一下，撓了一撓媽媽那銀白的頭髮，然後奮力抱着媽媽，大哭了一場。

爾後，媽媽固然沒有放鬆對馬柔的關愛，還更極力地慫恿馬柔唸醫科。這年仲夏，馬柔果真拚命地溫習，有時溫習至深夜，精神倒更亢奮，甚或在聚精會神的時候，雙眼紅筋疊暴，加上手上握着摺扇，不論怎樣搧動，心裏仍舊是滾燙的。那天晚上，馬柔大概已連續溫習十小時，突然她那碧灼灼的眼睛起了異樣，一道白光閃動，她眼前所看到的都起了重疊影像，她心裏慌了，就高呼起媽媽來。坐在沙發上的媽媽本來拿着一壺龍井，竟手一鬆開，瓷杯摔下分明地斷成兩截。媽媽激動得奔向馬柔，又是安撫又是慰問，她着馬柔輕闔那雙銅鈴眼睛，不住輕撫馬柔背脊，馬柔才漸漸安定下來。後來，醫生找不着馬柔到底害了什麼病，只重複地提醒馬柔和媽媽，休息是必須的。那夜以後，媽媽再沒有提起唸醫科的事情來，反而，隔天就替馬柔準備藍莓、杞子菊花茶、老黃瓜日月魚湯，有時準備多了還安慰馬柔別勉強喝。那刻開始，馬柔終於明白，不必離家出走才可扭轉現狀，原來時間會暗暗地在人的生命裏頭工作，就像現在在廚房內「切、削、磨、剁」的媽媽，照料起自己的身子時頭頭是道。忽然，馬柔又覺得媽媽像極麥兜的媽媽麥太，都是如此可愛。

馬柔最終考不上醫學院，反而 IELTS 果真考獲九分，又順利考上了城市大學英文系，專修英語。

這年暑假，馬柔與莫榮一塊兒參加了大學交流團，直往歐洲欣賞文藝復興戲劇，順道一起嘗試玩滑翔傘，就在這戲劇的國度上空，馬柔真箇自由自在地飛翔着。

燃着一點燭光——陶懿

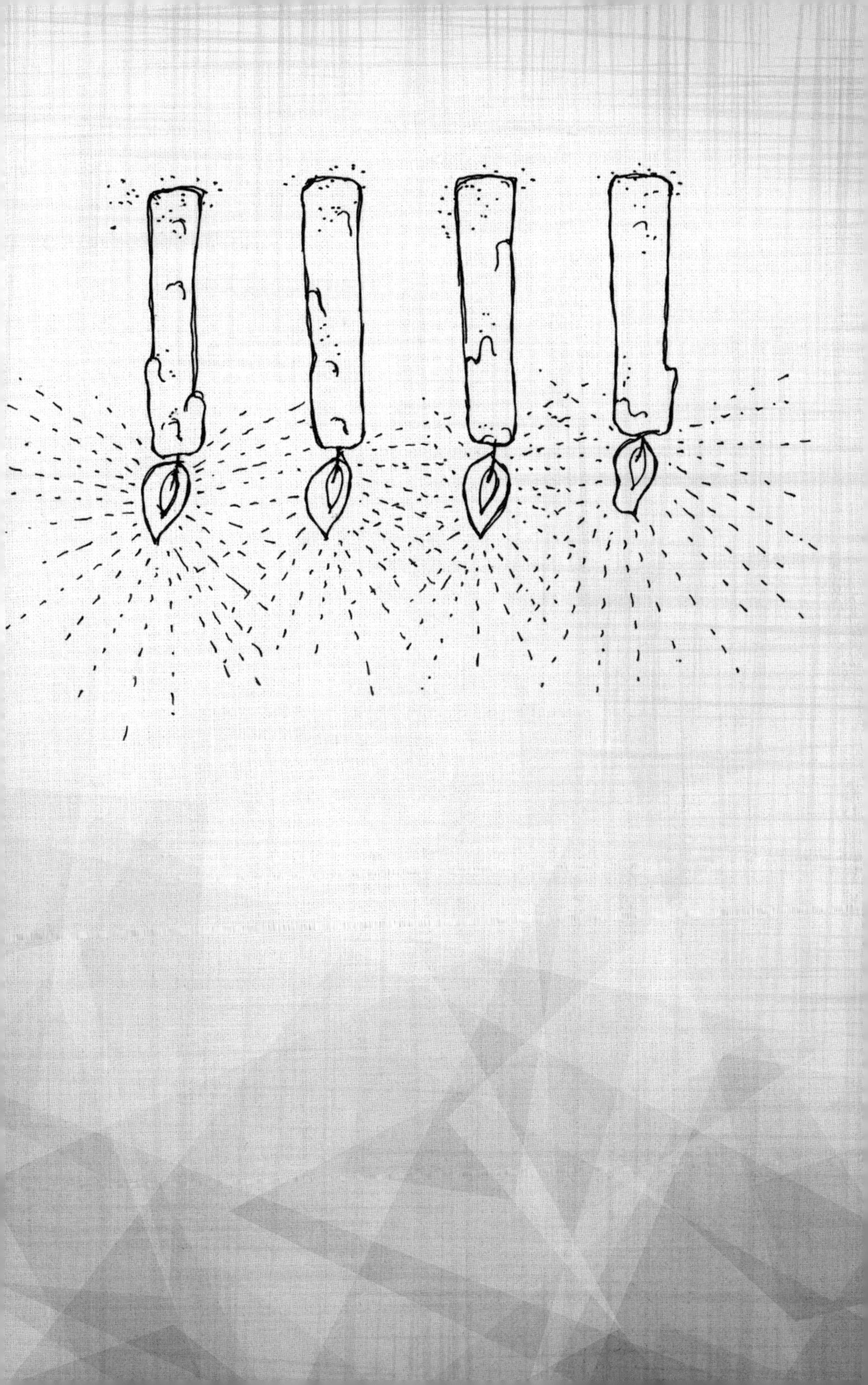

"It only takes a spark to get a fire going, and soon all those around, can warm up in its glowing…" 在詩歌 'Pass it on' 伴隨下，學校內各人開始傳遞手上的蠟燭。從地面至六樓，各樓層的欄杆都挨着人，他們是學校老師、校友和同學，只見蠟燭在學生代表手上點燃起來，燭光漸次傳開，半晌，整所學校都被燭光圍繞着，那一閃一閃的火光活潑躍動，大概這畢業典禮暨傳光禮的燭光，不單是學生人生里程的標記，更彷彿是生命的起源，孕育着社會的新生細胞，任誰都抱懷志向與將來。然而燭光背後，陶懿心裏甚覺勉強，恨不得把手上的蠟燭立即燒成空氣中的黑煙，然後不必再肩靠着肩，分不清那汗氣是屬於你的還是我的。

這陣子天氣陰翳，風吹來都是燥熱的，陶懿實在按捺不住，手不停在拭汗。可是到底旁邊的幾個男生，不知何以老是裝笑，這善良的偽裝極惹陶懿的厭，陶懿霍然打開胸前的鈕扣，又故意以尖稜稜的手肘撞向那班偽善的男生。豈料那老奸巨猾的楊運，還故作友善，倒向陶懿問安起來，虧他説起話來一副娘娘腔，油頭粉面的小白臉半點男子氣概都沾不上，頭髮質地像個女兒家，一綹綹青絲幼得如襁褓中的嬰孩。陶懿愈看楊運愈看不順眼，按捺不住幾句髒話直向楊運罵，旁邊的同學都訝異陶懿的張狂，就好言相勸，陶懿心裏確定，都是好一堆偽善的混蛋。

雖不知道這一罵讓楊運心裏怎樣想，然而陶懿回家後倒後悔了。當晚，陶懿心緒不寧，心臟不規律地跳動，呼吸起伏，四方八面都燠熱起來，眼前一陣昏黑，就雙手猛力按着頭顱，頭顱疼痛得不得了。突如其來的施襲，陶懿怎樣也意料不來，剛才那份歉疚與悵惘不知如何被拐跑了，還是那份歉疚與悵惘早與疼痛相約，一塊兒攻陷這頭顱，叫生理、心理同時不平衡起來，至少讓陶懿一整夜都無法自在。如果那疼痛與窗外的天色裏應外合，那天邊的黑大概更加濃稠，讓人有一份不安與悵然的罪咎感，整晚縈繞着陶懿，總不放過他。

陶懿就是這樣經歷了既後悔又頭痛的晚上，他開始擔心起自己的健康來，不知到底頭痛的根源是來自生理反應，還是心裏的過度憂鬱所致。然而新的上課天又來了，陶懿回校時步履踉蹌，在進校之前，一片紅葉忽爾掉落，正好落在他的肩膀上，他伸手取葉，眼睛隨即瞥見前頭路上，原來這小路上早已灑滿一地嫣紅。大概初秋已臨，樹葉無聲落下，陶懿腦內突然想起這詩句：「葉散的時候，你明白歡聚，花謝的時候，你明白青春。」一真該死，這原來頂好的詩句，就在這不配搭的心情裏浮現。陶懿愈是走近校園，心裏那股輕蔑同學的怨恨不知如何從中躍動，恨不得馬上痛罵那幾個同學的偽善與假惺惺。他立時把手上的紅葉猛力地捏，翠嫩的樹葉一捏就碎，這葉正好代表了楊運；然而陶懿愈想愈惱，樹葉都碎了，葉碎就從他的指縫間流淌在地。陶懿深吸了一口氣，倒是舒服了些，如果時間許可，他恨不得把所有樹葉捏得精光，大概校園裏，他沒有喜歡的人。此刻，陶懿又開始頭痛起來了。

陶懿在校園裏常裝着近乎木訥的表情，大抵以這僵白的臉來告訴同學們生人勿近。同學們大概掌握了陶懿的脾性，每回見陶懿靜默凝視的眼神，彷彿內裏在思考着什麼時，同學們都煞有介事，不敢惹陶懿的氣。就在那天，剛好最末兩節是會計學課堂，馮老師不知何來的幽默，連會計課都可分組比拼，陶懿勉強與同學湊在一組。沒料到這課比拼挑動了同學們的情緒，各人都拚了命在計算，然而不出二十分鐘，陶懿就把題目都做好了，同組同學都錯愕了，誰都不理睬他，以為陶懿計算的時間太短，不可思議，就不願意遞上他的答案。陶懿唯有獨自閒坐着，忍耐了十分鐘，眼見全班仍未有人完成計算，他終於憋不住了，直把答案遞予馮老師，說這就是代表同組同學的答案，已經等候良久，同學們又太不中用，倒叫他心情越發變餿。

只見陶懿說話一出，全組同學都給氣憋了，本來已對陶懿沒什麼好感，如此一廂情願的自負，更叫同學們氣咻咻的，於是眾人開始聒噪地在談論，高聲地說陶懿不代表這組。此際，陶懿的眼睛向窗外瞥看，正眺望那汪洋上，竟然只有一艘輪船航行，陶懿頓時告訴老師，他只代表自己，他自己就是一組。馮老師見同學們氣氛拉扯得緊張，就着同學們放鬆心情。然而，馮老師看罷陶懿的答案後，扯高聲線的告訴全班同學，陶懿全答對了！同學們都緊緊閉着嘴唇，無言以對。陶懿薄薄的嘴唇動了動，雙手緊纏着，又再朝那窗外的輪船眺看。

晚上，陶懿在家。他的眼睛覷着那彎月，感覺那黑魆魆的夜幕裏，彷彿有種無形的自責催使他必須內疚自省，他突然發現窗外街上那便利店門外有個幢幢黑影，正穿着一身玄黑衣服，彷彿就在伺機等候着獵物般。他開始思考自己今天的自以為是，就後悔了，而頭顱的疼痛又來，他這陣子全身冒汗，雙手猛力地捂着頭顱，又左右搖動幾下，頭痛大概紓緩了一會。他再向窗外一瞥，誰知那黑衣打扮的男子猶在，他心裏一慌，趕忙縮起脖子，倒頭就睡，把棉被蓋過了頭，頭顱又開始疼痛，身體一陣冰冷，心裏斷定這黑衣男子一整夜都沒有離開過。

爾後，同學們都不敢小覷陶懿的智慧，只是各人都瞧不起他不懂待人。那年班際活動拚得火熱，各班同學都在準備文藝節，課後班房內鬧哄哄的，同學都在合力製作代表自己班別的藝術模型。只見各人熟絡地討論着之際，陶懿卻獨個兒托着腮發呆。楊運故意請教陶懿那藝術模型的頂頭應怎樣裝置，陶懿忽爾假正經起來，還吹起牛皮來，說自己能在藝術模型頂頭添上可轉動的燈飾，他瞬間說來頭頭是道，還發誓自己一夜間可弄妥裝置，如此一來，各人都信以為真，放心交給他辦了。

那天晚上，陶懿又再後悔了。他在房間內比手劃腳，任他怎樣舞動，到底都沒拼出合適的裝置來。他心裏慌了，大概早上吹牛皮過度，一發不可收拾，這陣子活該了，怎來賠上製成品？他悶吼了半聲，然後雙手在亂抓亂撕，只怪自己賭氣，就悻悻然為自己的自作聰明哀悼起來。他開始悔恨自己，竟一頭栽在牀沿上，頭顱隨即紅腫起來。怎料頭痛果真發作了，他終於受不了地慟哭起來。陶懿開始懷疑，自己是人格分裂，有好人偏偏不做，強要與所有人都過不去，就是越發恨惡自己，頭就越發疼痛。

陶懿無意間瞅看窗外，看見皎白的月亮正圓，白暈的月光恰好映照在便利店的門外，他發現，便利店外的黑衣人已去，換來的是幾個正值盛年、貌似大學生的在閒談着，好不快慰。陶懿東張西看，那黑衣人到底往哪兒跑了？於是，他肆意地每分鐘往便利店瞧兩次，十分鐘後，那黑衣人到底沒再出現。他頃刻舒泰了，低下頭來沉吟了一會，就突然鼓起勇氣，拿起手機寫了個短訊予楊運，告訴楊運自己做不來了，怎料楊運立時回覆，請陶懿放心，他自會辦妥。如此一來，陶懿吁了一口清氣，頭痛竟不知不覺地減退了。

就在翌日，陶懿一大早趕回學校，發現原來楊運與一班同學們早已弄妥了裝置。正當陶懿踏進課室時，藝術模型裝置亮燈了，而且裝置還在轉動。陶懿逕自走向藝術模型，看着那暈黃的燈在一閃一閃地呈現着它的美態，他覺得這光恰如昨夜的圓月，正好讓自己釋開內心那股糾纏不清的律動。他隨即低下頭來，鼻子一酸，覺得自己平日負了同學，就勇敢地向同學們說了聲對不起，各人卻紛紛輕拍他的肩膀，又相視而笑了起來。

「願我們同學間彼此的友誼永存，就讓我們薪火相傳，把學校這愛人如己的精神普傳下去。」然後，'Pass it on' 的詩歌漸次響起，陶懿是本學年傳光禮代表致辭及領唱的同學，他從來都未有料到，原來自己謙遜以待同學，同學們都願意接納自己。陶懿正在傳光禮中享受着悠揚的音質，在朗月下，他發覺原來已多個月來未有頭痛，反而，這些晚上，他都安舒地一睡到天明，大概不必影子作伴，亦不用明月相依，陶懿已有一班摯友時刻伴隨着。

那一爐晚霞的氤氳——陸銘

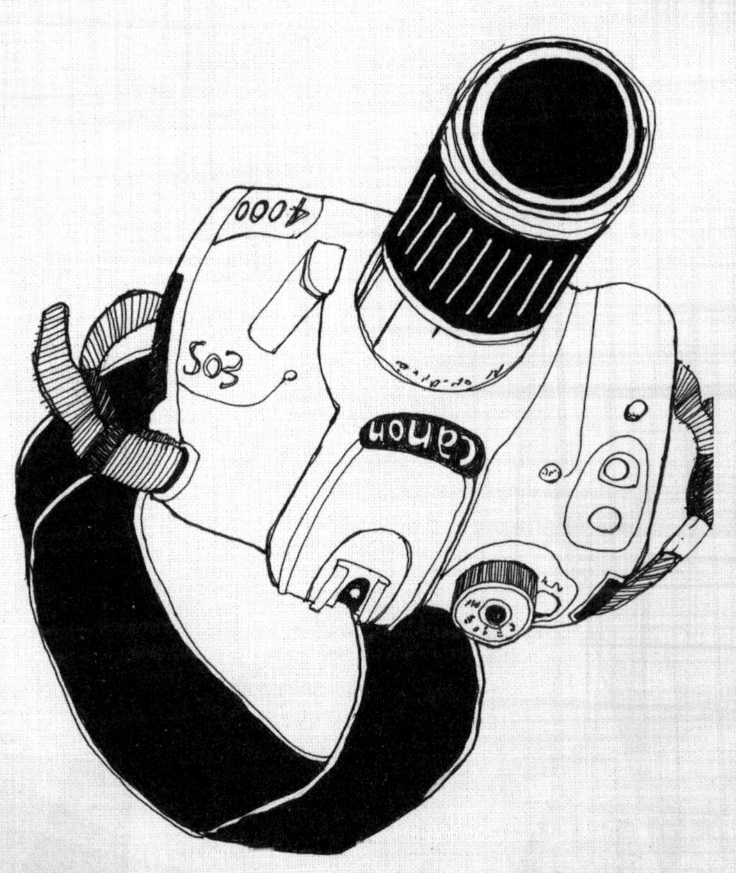
Canon
EOS
4000

從單反鏡頭窺探進去，在鏡頭的另一端，那個表情喜孜孜卻又眉毛蹙在一起的就是陸銘。陸銘身材高挑，卻瘦剩一把骨，戴上黑色厚重的眼鏡顯得格外成熟。如今，陸銘應該慶幸，他並沒有失去三家村那一爐晚霞的氤氳。

「咔嚓！」校園電視台裏誰都在撥弄照相機，只有曼菱咧開了嘴，瞇起眼睛，炫耀自己剛購入最新型號的單反照相機，她一捻細腰，揪住陸銘脖子，直至陸銘噎了氣才作罷。曼菱又在瞧不起陸銘，直把他看作窮光蛋。在這驚蟄節氣，偶爾一陣乍寒，陸銘抵不住那陰濕砭骨的寒氣，更受不了曼菱的傲慢白眼。電視台鐵柵敞開，我甫入電視台就直把校慶音樂劇單張往曼菱遞，吩咐她分發給同學，剛好陸銘接過單張，就聽見嘿嘿的乾笑聲朝他去，陸銘屏住了氣，裝作瞪眼瞥着我。我嚥了一下口水，起勁地指示着校慶音樂劇的攝影工作。曼菱固然又是總負責，音樂劇台上拍攝的工作都由她打理；然而陸銘彷彿待了半天，手在褲袋內掏來掏去，不知怎地，就是神不守舍起來，到底自己的名字給忘了吧？陸銘眼睛一陣暈眩，吆喝了聲：「老師，我負責什麼？」我張了張口，耷拉腦袋後捏住手笑嘻嘻地說：「你隨便拍攝一下當天的花絮吧。」陸銘聽後瞄着單張，把單張上「校慶」兩字一捏，然後把單張一砸在地，又慌忙拾起來往褲袋裏塞。電視台外春雨滴在瓦簷上，聲音直敲打進陸銘的心內，節奏不定，陸銘濕濡的眼睛正瞥着那血紅色的月季在顫巍巍地擺動着。

為免失態，陸銘一逕返回三家村，那自小成長至今仍熟悉的地方。沿着鯉魚門海旁道路，打從瑞香園餅家走至快樂漁港酒家，雖不見舊時王謝堂前燕，總算得上是里巷尋常百姓家。陸銘手携心愛的照相機，拐過鯉魚門天后廟，映入深眸淺靨的就是那人迹罕至的鯉魚門石礦場，陸銘輕吁了一口氣，踉踉蹌蹌，然後一下子躺在這舒泰的地方，霎時，陸銘可盡情地懈怠，翻攪出那自我陶醉的思緒，既然那情感的傷口早已結了痂，那又何必再將它劃開，倒不如揮去那猙獰的臉孔和心裏的聒噪，近看那赤金的礦石，映襯漫天的彤雲，陸銘霍然綻開那童稚的笑容，提起照相機拍起照來。陸銘專愛拍攝天空的節奏，燈黃相混，本來這是情侶依傍相偎恩愛的時分，可是夕陽總近黃昏，紫紅濃烈瞬間蠶食了整個天空，漫天四野狀甚瘀黑，速度甚快，陸銘心內來不及抑壓那潛伏的空靈，卻把握時間按下快門，攝下那久違了的夜色，他焦急地瞄了一瞄照相機，正滿意地認同自己拍下了初春的彩繪，抬頭遠眺那天空已被黑夜完整地侵入了。對於陸銘，這種獨個兒拍攝的享受，算是一種頽廢的快樂，卻又帶有半點清鬱的高雅。

時光荏苒，隨着舞台捲軸滾動，布幕張開甫見樂團敲擊手轉動鼓棒，嘭的響聲帶動音樂劇開演，此際同學們穿着英式宮廷服自舞台左右翩翩舞動，四方八面躍進舞台中央又散開，唯中央一位女子獨自佇立，忽爾跌砸似的往後一摔，瞬間一位男子將她懷抱在手臂沿上，二人張眼對望之時，霎時就抓住了所有觀眾的目光，亦彷彿救活了台下許多期盼着愛情的小女子、小哥兒。曼菱毫不猶豫地按下單反照相機的快門，務要攝下這頃刻畫面；至於陸銘今天被安排當自由攝影者，於是心裏倒是自由了，沒有拘束，拍攝起來就更加利落，剛好窺見觀眾們溫婉的表情，算是冀盼佳偶天成的渴望，那統統給陸銘攝進鏡頭裏去。此際，曼菱四周比劃着，向攝影組組員指指點點，儼如專家般盤踞在會場中央，然而在旁看來倒是有點滑稽。曼菱的目光專門瞅着陸銘，然後命同學吩咐陸銘別四處亂跳，只管捕獲台下觀眾就是，此際陸銘瞥向曼菱，曼菱就裝出驚羨的表情來。

音樂劇後數日，大抵各人都把拍攝得來的記憶卡交我審理。這次陸銘被我召來，電腦前呈現了陸銘拍攝的照片。誰知陸銘一看，心裏就慌了，兩頰紅彤彤，原來他竟誤把三家村拍攝的記憶卡交付了。這下子的冒失實在令陸銘尷尬不已，他連忙向我賠不是又失笑起來。我倒問起他照片的由來：「陸銘，照片是你拍攝的嗎？」

陸銘語帶不好意思地回應：「是，是……老師……」

然而，我倒極力稱讚起陸銘來，尤其是照片的構圖與色澤，調節得甚見水平。我隨即遞上了名為「城市一隅攝影大賽」的單張，鼓勵陸銘表現一下自己的才華。陸銘怔了怔，口裏想說一些沒有自信的話，方便推卻我，可是又把說話吞回去，雙手揉搓了一陣子，囁嚅地像說了什麼話，彷彿話說得太膩，倒不如勉強虛應一下。我卻不以為然，頻頻點着頭，怔了半晌，就直指着陸銘拍攝的照片，欲求證他的照片中述說的故事：這張照片捕捉了鯉魚門的晚霞，那礁石上少年人的剪影，正述說着這時代年輕人的心事重重；這張照片近見「海角潮音」，遠見萬家燈火霓虹燈映照，色溫偏藍，正好述說都市人在營役的生活中忽略了那自然的聲音與節奏；這張照片攝入「瑞香園餅家」，是一張黑白照，黑白構圖既沒有造成陌生感，店鋪的主人那雙殷勤的手更牽動着街坊里巷的人文情愫，彷彿成了鯉魚門小社區的一份獨有人情味。然而，我最喜愛的，倒是那張拍攝鯉魚門石礦場的照片，夕照斜暉下的一間小石屋，正在守候着鯉魚門的進口處，冷靜又平實。

陸銘隨即興致盎然，連聲說對，還說要到石礦場須通過鯉魚門天后廟。我又說，如往崋頂村方向踅了過去，就是石礦場後頭的砵甸乍炮台了。陸銘大抵找到了知音，喜孜孜地告訴我真箇說對了自己對照片的思考，猶像一尾初遇小河的蝌蚪，左右擺動。陸銘噗哧地笑了一聲，頃刻，他心裏不知從何來的舒坦，未來的律動正在他腦內攪拌又發酵。窗外的樹影颯颯娑娑，正好映照着人的內心，起起伏伏。

沒多久之後，起伏的不純是陸銘的內心，更催促着我踏上早會宣佈台，告訴全校師生本校學生陸銘榮獲「城市一隅攝影大賽」高中組冠軍，請台下全體師生鼓掌。此際，校長踏上台，從攝影隊主席曼菱手中接過冠軍獎盃，只見曼菱別過臉去，磨蹭一下小腿，倒抽一口氣又使勁地吁出來，她原來白皙的臉兒更顯僵白。如此寒風忽爾吹過，一片葉剛好貼在曼菱的臉上，曼菱無可奈何地捏緊那片葉，又將它擲在地上，那片葉正打落在她的腳尖前，她就踏在葉片上踐了數下，算是出了口氣，然後掌聲再次響起，曼菱裝作鼓掌數下，就瞬間往台下跑，目光卻緊盯着陸銘手中的獎盃，原來曼菱也參加了這個攝影比賽。

「同學們，別擠在一起，擠着拍不了好照片，攝影不需要從眾，倒要捕捉一時一地，照片是會説故事的。」暑假將至，夏蟬沒有沉默，潮浪拍打在礁石上，那濕濡的花崗石銀光閃爍，正好預示着鯉魚門將來會興旺起來。倏地，陸銘帶着低年級一眾同學們，在鯉魚門牌坊下説起話來。在那棵榆樹下，陸銘再提醒同學們三人一小隊，好讓互相照應。榆樹下有張石凳，凳旁寫着「海角潮音，由此路進」，曼菱獨個兒坐着，挽着褲管蹺着腳，正俯首調校着照相機，時而舉起相機裝作拍攝，時而垂手歎氣，吁出一口納悶。然而後頭突然而來一雙手拍在曼菱肩膀上，陸銘轉身就坐在曼菱旁，曼菱心想這下子要給調侃了，就倏爾歪起身子，莫奈何的雙眼上瞄，然後眼珠左右滾動着，而陸銘就叫了一聲曼菱主席，「我們一組好嗎？前方有家店鋪，照片拍攝後大抵很耐看。」曼菱聽後暗自竊笑，下巴揚起，頭向左側一搖，兩人就起來往村裏面走了。看在眼內，我滿足地笑了。

二人走至路中，前面就是「年香園」，這家餅店前的鐵車上寫着「甘香美味，蜜餞合桃，沙爹豬肉，斤両十足。」大抵在這時代裏，這種直截了當、開宗明義的售賣方式已不尋常了。曼菱在店前取了一塊蜜餞，遞給陸銘，陸銘欣然吃了，兩人點了點頭，彼此都在微笑着。半晌，二人彷彿突然有了知覺，瞥見後頭那夕照將至，立刻離開年香園，前頭就是快樂漁港酒家。同學們一直在拍，陸銘和曼菱二人舉起單反照相機拍攝，直至三家村漫起那一爐晚霞的氤氳。

年輕的躁動——詠怡

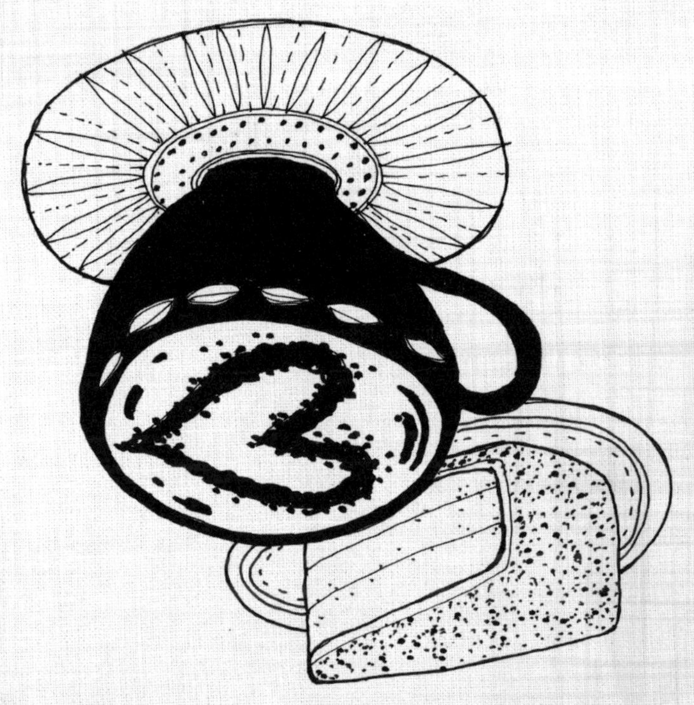

「老師，是第一意願！是第一意願！」

九月本來是秋風金爽的季節，這個年頭天氣起了變化，還像盛暑般燠熱。今天喉頭特別乾噎，腰桿發硬，走起路來有些蹣跚，人還沒站得穩，大抵太過冒失，忽爾左面一拐，整個人倒在課室桌旁，猶幸剛捽坐在桌旁那本來不大穩固的椅上，勉強還撐得住，就索性坐下來。那今天的課就坐着上吧，從前上課是老師坐着，學生站着，現在都相反了，老師坐着上課就是不專業，當老師也真活該。大抵暑假末時準備開學忙透了，每年開學都累着，這不是好兆頭，此刻已開始倒數下個暑假，還剩十一個月。有時，心血來潮，還打算在巷弄裏開設一間咖啡店，談文説藝，倒是生活的雅致。然而同學倒咂着嘴説道：老師上課了！我的思緒又折返教室內，起勁地講課。

詠怡是國內高材生，在國內已完成高二，來港竟唸高一，選擇了中國文學。在那昏暗的光暈裏，透出一個雙目滾圓、白皙皮膚露出嫩粉紅的女生。詠怡揉搓一下雙手，倏地站起來，佝僂着背，緊張地鞠躬，然後不住地述說着自我，大概把將來的理想和願望都仔細地告訴我了。我故作點頭，緩緩地坐下來，吩咐詠怡先坐下再說。詠怡蜷縮了背，輕撫腦勺，傻兮兮的臉上透露惴惴不安，就徐徐地坐下來，屏住了氣，吁了一口，衝口而出地說：「老師，我隨時可上學，明天就可以。」這個率性的詠怡，呱呱聒噪，就這樣入學了。

多少年後，我依然記得台北後山埤中坡北路那一間咖啡店的味道，店長懇切的笑容，一塊綠茶蛋糕，拼一杯朱古力拿鐵，待在店內可以閒上半天，生活的節奏可以就此消散在午後炙熱的陽光與空氣裏。原來隔着玻璃窗瞥着汽車，沒有聲響，倒是很有趣的。汽車停泊時，人就會歇着；汽車流動時，人就會不自覺地思考起來。每回在咖啡店內，外頭滿地扎眼的陽光映照，我又想起開設咖啡店的自在。

詠怡的第一篇文學創作寫的是自江門市南來香港的感情，香港是如此廣袤，有氣度、有胸襟，在香港可以使自己從祖國大陸奔向世界。詠怡的願望就是往外國一流大學唸漢學，那次她說到這裏，霍然躍動起來，雖然有些羞赧，卻無礙她的志向。大抵詠怡對外國大學十分着迷，手裏擎着作文，一捏一捏的在誇讚着。刻下我由衷的佩服詠怡那份青春的騷動，看她訕訕的講東講西，屢次綻開那童稚的笑容，我才驚覺，那夢想的火苗正在她裏面燃着。

這夢想的火苗催促着詠怡，她瞪着中文科報告板上那張「大學文學獎寫作比賽」海報，手執着一撮烏黑的頭髮，然後徐徐向後一撥，帶點稚氣地說：就把這個獎拿下來吧！她隨即在課室內把匣子打開，掏出鉛筆就寫作起來。只見她歪斜了頭，鼓起眼睛，在方格紙上首行，分明地寫上題目「自由」，大抵寄寓了一個女子離開故土，雖然未知將來的遭遇，卻在這哭笑之間尋找生活的真趣。詠怡一氣呵成就把文章寫得妥當，寄出。

然後就收到「大學文學獎」評審委員會的來函，詠怡獲得了「傑出少年作家獎」，中學組只有五位同學得獎。

站在頒獎台上，詠怡沒有陳腔濫調，大概頒獎禮會場的空氣容易滋生念頭，那份突破牢籠的勇毅瞬間在腦內催生，並形成一股信念，叫會場內的人無不佩服詠怡的年少魄大。從此，「自由」兩個字開始鑲嵌在我的腦袋內，特別幾回在咖啡店裏，它就會偷偷地窺探我的欲望，讓我不自覺地加重了對「自由」的想望，縱然生活本來沒有一點曖昧和跳躍，然而在這種教學形態裏，破舊立新的信念，正逐漸在我身上醞釀着。

寒冬趨近，又是準備期考的季節，詠怡又再拚了命溫習。在這等天氣裏，到底誰人會覬覦圖書館的座位？然而只有詠怡會在每天課後，硬拉着小芬到圖書館搶佔座位，詠怡還吩咐那圖書館助理員每天給她預留左邊靠窗沿的第一個位置。助理員固然不理睬她，圖書館哪來這等規矩，詠怡聽罷就死命的苦站着，又亂晃了一陣子，小芬趕忙向助理員賠個不是，就牽着詠怡，攥着她的手臂就走。小芬把詠怡拖行至圖書館門前，詠怡還死盯着那助理員，助理員仍舊漫不經意地搖首作罷。半晌，我恰好來到圖書館，打算整理一下學校圖書館中文科特藏，詠怡彷彿得了靈光，就扯着我説了一堆理論：

「老師，圖書館怎麼可以六時半關門？座位怎能無法預留？書本都可以預約，那為何座位就不行？反正都不礙事。」

詠怡愈説愈起勁，説規則大概已過時了，近年學校推行什麼「學生為本」，那不就是要按學生的需要，重新釐定校規的要求吧。這樣聒聒不絕，我大抵理解詠怡的想法，倒是旁邊的小芬替詠怡着慌，愣頭愣腦快要昏過去，揩了半把冷汗，嘰嘰咕咕的不知所云。詠怡一臉惶惑，倒不明白小芬在慌什麼。我看她樂此不疲地嘴都合不攏了，就索性邀她與小芬放學後來圖書館講論文學，順道替她霸位；小芬攥着詠怡的手臂，眉毛擠了擠眼又眨了一陣，連忙嘖嘖稱是。

一瞬就是放學了，詠怡怔怔的看着我，用心聽我說一次韻文如何從《詩經》發展至唐宋詩詞，如何從唐宋詩詞發展至新詩。只見詠怡聽得津津有味，嘴巴慜了一慜，心中在盤算着什麼似的，倏地就對我說：老師，學校什麼時候開始「夜讀」？我瞇起眼睛，反問什麼是「夜讀」來的？詠怡就用手捂着嘴巴，喃喃地說起國內每年寒冬都有夜讀，全校高中生留校溫習至晚上九時。我聽罷一臉驚歎，就強說香港學生愛自習訓練就是。此際，整所學校人跡罕至，操場上矗立着四棵大椰樹，有一陣颼颼涼風吹過，時鐘已顯示九時正了。

為了要滿足那徹夜木眠的夢想，詠怡在高二那年起，決定把白先勇的所有作品看完。詠怡總不明白〈寂寞的十七歲〉裏的少年怎樣度過餘生，〈我們看菊花去〉的姐姐在醫院裏是不是死了，還有金大班、尹雪艷、玉卿嫂，到底都是有名氣的人，中學生裏無人不曉，大抵詠怡今年是越發對白教授的作品入迷了吧。於是，一次文學課內，詠怡在課後站立起來，聳一聳肩膀，然後對着全班同學説：「老師，我提議學校辦一個『白先勇作品中人物演繹比賽』，不限性別、年齡、級別。」當詠怡説罷，班內隨即鬧哄哄起來，小哲坐在前頭，懷疑起詠怡神經錯亂了，就直向詠怡討不是：「詠怡，你別妨礙下課時間就是。」只見詠怡眉頭緊皺，眼睛瞪得老大，告訴全班同學：「我要當尹雪艷，小芬已答應當玉卿嫂，而小哲就不用説，他就是〈寂寞的十七歲〉裏的楊雲峰，看到底誰人演繹得好看些？」

此話一出，全班同學霍然笑聲不斷，此起彼落，小哲亦不甘示弱，一逕問詠怡：「詠怡，那誰人演繹〈青春〉中站在高聳石頭上那赤裸的少年人？還有那一直盯着赤裸少年人的老頭兒呢？」小哲説罷更惹來全班熱烈地鼓起掌來。只見詠怡瞟了小哲一眼，顧盼間輕輕吐出兩字：「膚淺！」然後說：「這項比賽小哲的參賽資格已被取消。」瞬間，全班同學同時舉手和議，然後又是一陣笑聲。

笑聲維持了三個月，學校果真辦起活動來，〈冬夜〉裏的吳柱國、〈孽子〉裏的阿青居然出場了，沒想過金大班與尹雪艷看起來就像一對璧人，大抵戲裏戲外，詠怡都像尹雪艷。至於小芬，真箇當上了玉卿嫂，還刻意購買了一雙白玉耳墜子作點綴。比賽後詠怡心裏很是滿足，她雙手合攏，笑得甜膩，就滿口道謝老師成全了她的想法。大概對於詠怡來說，她要努力完成的工作，總沒有一件做不成，彷彿那份對於夢想的態度，竟一直在詠怡心內發酵，一天當她仍舊在呼吸那自由的空氣時，夢想就正在前頭等待着。

今天，我又一拐一拐的拖着疲憊的身軀，繞過校門外的小路，在老遠的前方，一盞明亮的華燈正閃爍着半點星輝，就像在引領我踏進這間我從未發現的咖啡館。咖啡館正播放着王若琳的歌曲，聲音低婉而抒懷，令人彷彿把一天的辛勞都統統卸下；我點了一塊綠茶蛋糕，拼一杯朱古力拿鐵，坐下來細味這生活瞬間的節奏。

突然想起，詠怡自考獲第一志願後，就在香港中文大學中國語文及文學系接受最優秀的文學指導，不知何時再可以聽見她那渴望自由的迴聲。此刻心裏不知從何而來的安舒，想到開咖啡店倒不是夢囈，或許在將來某個盛夏，這夢想會老老實實地兑現了。到了那時候，詠怡就會從國外歸來，到我開設的咖啡店內，呷一口綠茶拿鐵，然後訴説着她在那裏的一些生活故事，回味一下從前的點點滴滴。

紅豆糕的歲月

園蒼錦簇的道路——明恬

如果不是到了香港，這生到底怎樣？

「家裏窮得發慌，自小爸就告訴我，缺錢什麼都不成，學校要選上等的，名校就好，有氣派，説不定拉上了關係，將來的生活好過多了。」明恬説。

在天河區天河公園裏，明恬自由地閒逛着。園內樹影婆娑，粵暉閣雅致的涼亭，其中匾額上寫着「湖舫影篩秋半月，園蒼錦簇嶺南春。」明恬猶未懂當中深意，卻瞥見一家老少在湖中泛舟，喜孜孜的笑聲不絕，她想起自己原來從未曾撐船泛舟湖上，然而心裏倒沒有酸溜溜，因為，她渴望的不是那泛舟湖上的愜意，人愈窮愈該死，怎得來這奢侈的愜意。明恬往身上一襲樸白的素衣瞧，頓時感覺要儘快離開這天河區，沒考進廣州名校到底不成。

那年，明恬十五歲。明恬終於離開了自小至初中就讀的天河區學校，終究考上了廣州市高中名校。這所高中名校位處大學城，給大學包圍着。她不知何來的一份顧盼自雄，這份自信正好與天河區的童稚相映對照着。她手執着入學證，大概往後人生的盼望都押在這所高中名校上。爸爸死命的要搬往大學城附近，是為了盯着明恬沒一刻放縱。

當明恬升上大學城區高中的第一天，甫進校園，就看見一位兩面搓皺、顴骨隆起、眉心緊繃的女子，驟眼看來恍似是殯儀館內的紙紮人，那蠟乾的臉色像要告訴身邊人身體快不行了，恍若一息尚存；後來明恬才發現，這位奇女子就是她的國文老師，明恬想這回糟透了，這女子乾癟的臉怎可配搭起溫儒的國文，二者無論溫度與濕度都不同，不成氣候。然而更可怕的是，這女子根本不曉得自己的教學有多爛，到底整年課沒有學習到多少知識，聽說全世界的中學生一生人總會遇上至少一位徒有學問，卻不知所云的老師，可是眼前這女子根本連學問都沒有。

明恬開始懷疑，這校怎可能是市中名校，名校教師不是特別卓越和優秀嗎？直至明恬把所有學科的課都上過了，才發現這種不知就裏、混飯吃的傢伙多的是，每回上課後打算問課，大概問也不必問，教師休息室早已人去室空，校園清潔工説老師們都往股票場上跑了，清潔工還調侃着説，他們當老師是副業，正業是股票分析員。明恬後來打聽得來，同學們多有私人補習老師，實在靠不着這些冒充老師的假道學。

就是這所空有名聲而沒有內涵的高中，讓明恬開始惦念起初中時天河區的學校。那年三月中旬，乍暖還寒，黃梅天下着綿綿細雨。明恬依稀印象，那天她瞅見一班老師在教室內圍着一副軀體直斥罵，天啊！她是學校裏的路德老師。路德老師身穿一襲紫色洋裙，手裏捧着國文書，似乎不知什麼事情惹怒了一眾老師們。據説路德老師原本不是這個名字，自從信了基督教後，連名字都換上了新的，大概路德老師是學校裏的異類。那天老師們就是忿恨路德老師在校園內談信仰，要傳她相信的神耶穌，遂把她直往校長處拖，說她是牛鬼蛇神，明明中國有多少偶像，偏要拜老外的神。明恬親耳聽見平素滿是愛心的老師居然如此荒誕，仍舊在迷信那些虛假神像，可是明恬最欽佩的，倒是路德老師在眾人指控中卻力排眾議，直言自己是真神真拜，反倒有些人連假神都假拜，情何以堪。明恬雖然不理解老師何以會指責老師，都是折福的人，然而路德老師那份堅持的個性，就此嵌在明恬的心裏面。

終於，明恬在名校裏胡混了一年光陰就決意離開了，從前趨之若鶩的大學城區一等市中學，就像校園門前幾棵壯大的槐樹，雖然聳立着，卻掉得連一片樹葉也沒有。這決定氣得爸爸直揪着明恬罵，說她沒本事，多苦才混得上這名校，只一年就嘮叨着要走。那天晚上，如此清冷的夜，明恬沒飯吃，爸就把明恬擱在家門外，直至早上那熹微的晨光初現。

就在這春去秋來之際，明恬父親拚了命疏通了多少，終於申請了一家到香港定居，明恬一家就此成了南來人。這次沒由得明恬選擇，爸說：「明恬，香港讀書更吃香，更有成就，這回你要當心，整個家全都是為了你，你給我着力讀書。」明恬緊閉雙眼，抿着嘴，又連聲說：「是！爸，我懂的！」

正好踏上香港的土地，明恬心裏有種虛幻，相對起頭上的湛藍天，她有種涉世未深的空虛，彷彿抓不住世情，唯有輕踏柏油小路，白雲伴着碎步，雖不唯美，但總算走來不至患得患失。爾後明恬心神甫定，就獨自四處找學校入學。不知是否因為自己沒有那雙飽滿瑩亮的眼睛，多少學校根本連會面機會都沒有，明恬心裏每回都暗自告訴自己一聲：「不如歸去，明天請早。」有次，她彷彿聽見一隻杜鵑鳥在天上飛過，心裏就更加納悶起來。

明恬覺得自從在廣州市轉讀大學城區學校，生活就如自虐。她自己就如飛蛾一樣，漫無章法地飛翔着，有時走起路來，她就緊握着手，指甲直往手心戳，有時戳疼了，她竟覺得這是活該的，就當是給自己的提醒，提醒自己爸要自己讀好書，要上進，要成功，要名成利就。

直至有天，明恬恰巧走進了一所中學，就正正與我迎面碰着，她焦急起來，就緊纏着我說：「老師，請給我面試，我是好學生！」瞥見這漲紅的俏臉，我與幾位老師決意花上大半天，與明恬仔細攀談起來。我倒直言不諱說：「明恬，你懂得香港社會時事嗎？英文底子還未到家，如此這樣……」

明恬趕緊接上：「老師，我最善於急起直追！」

「當然，你的中文和數學水平都好！」我説。

明恬爽快地應答：「我最善於保持優勢！」

我接着道：「那些選修科怎辦？」

明恬半帶靦腆説：「我最善於接受新事物。」

我們都笑了！學校最終將明恬取錄入學。原來，明恬覺得我們這些老師着實窩心，竟花了大半天談及東西南北，大概將她的身世都搞清楚了。那天以後，明恬再次想起路德老師和天河區泛舟湖上的那份清新。而在我們心裏，這孩子又何嘗不是可愛至極。

新校園生活伊始，明恬決意要在學校裏拚了，明恬心想，一定要在學校冒出頭來，爸要自己讀好書，要上進，要成功，要名成利就。然而在還未記得清楚上課地點之際，校園內竟開始醞釀大規模罷課。那年明恬正唸高二。對於明恬而言，香港是個競爭大又自由的樂土，好不容易才能安舒地上課，明恬到底摸不清現在同學們在爭取什麼。直至那天，明恬瞪眼瞥着電視機，整晚就在看着一些與她年紀相若的人，一個一個拚命地爬過圍欄，然後手牽手地挽着彼此，高呼大叫着一些口號，狀似在爭取些什麼。此刻，明恬才驚覺，自己原來已活在一個截然不同的世界裏。爾後，明恬開始在意起她從前不認識的事情來，她盯着電視機，一羣警察在逡巡着，一些市民在街道上聚成一羣，那羣人恍如一道鐵柵欄門，頃刻就串連起來了；再過了一陣子，其他民眾紛紛一哄而上，瞬間聚在一塊。明恬覺得，這下可不是小事情來的，因為她在電視機前，竟然瞥見兩個同班同學，就是李濤和張式，明恬揉搓了兩下眼睛，確定自己沒有看錯，果真是他們兩人，她覺得很驚訝，心裏開始默唸着，眼前這些事情，到底與自己會否扯上關係？忽爾，「呼！呼！」了幾聲，電視機內傳來幾道狀似爆炸的響聲，然後四面是煙，明恬頓時捂着臉，瞪眼張嘴，心裏不能相信眼前的景象，她心神猶未甫定，「呯！呯！」聲響，又再次響起來了。

往後數天，明恬感覺每天都如一片玄黑，心裏很不受用。那節生物課，她的同學都罷課去了，自己心裏倒是非常掙扎，想到從小爸爸都教導自己只管自己的事，爸要自己讀好書，要上進，要成功，要名成利就。如今，在仍舊燠熱的氣溫下，同學卻一個一個罷課了，教室內只餘下自己、余靜和林雲。明恬心裏想着，難道學業不是最重要嗎？這些香港少年到底在搞什麼來的？她就告訴自己，若各人都跑走了，那末教室內只剩下徐老師吧，到底不大尊重，就這樣，她就決意坐下來了。正當明恬斜睨着余靜和林雲，只見林雲雙手握拳，霍然站立起來，一手抓着余靜，明恬這下才發覺，余靜雙眼早已通紅，而老師輕點了點頭，林雲和余靜都回應地點頭，就往操場去了。如今，教室內只剩下明恬一人。

下課後，只見明恬愁眉不展的在走廊上發呆，我連隨問起她到底因為何事？她語帶輕微激動地說：「一直以來覺得自己有多大的志向，今天，我忽爾心裏有份莫名的鼓動，驚覺自己再不能欺騙自己，同學們果真是年少魄大，與自己一直以來的渺小實在有天淵之別。」明恬徐徐垂下頭來，無故地哭了。我就在明恬身旁，陪伴了她一會。

然而明恬回家後卻哭得更烈，悶熱的風自窗外吹來，吹來一個駭人的消息，家裏很親密的人患了喉癌，原本那親密的人說起話來那股勁兒多催人，可是眼前這個家人忽爾平靜下來了，有話說不得。明恬遠遠地看着他，心裏覺得無以名狀，人生是何等的荒謬，那動也不動的眼神，構成陌生的呆滯，原來手指的神經加上喉涎的分泌告訴外間這靈魂猶在，可是那不自覺一張一合的嘴唇洩露了人的不安與焦躁，不知所措的呼吸抖出那看不見將來的幽暗。明恬不忍再覷見這親密的人，轉眼窗外，發覺灰濛的天後頭像有一陣兇猛的雷，正伺機撲殺出來狂噬這天地間的萬物。

此刻，明恬很想把這段日子的事情告訴路德老師，自己心裏着實起了一些變化，她掙扎於自己仍舊只想着個人的前途，還是應在生命的前頭，考慮更有意義的將來。

爾後數天，天氣轉晴，這幾天以還，明恬忐忑不安，覺得自己就像忽然長大了。又上課了，那天，我踏過玄關，蹭到課室中央，趔趄不穩，從前上課時，我都是樂透天，今天倒收拾了笑靨，一本正經地告訴全班同學，我一歲的小孩患病了，現在要進醫院，老師要走。明恬聽後，頃刻間心裏糾結得受不了，心裏想着，今天分明是天晴，原來天空的後頭那兇猛的雷仍在，只是隱居在雲端後，卻裝成絢麗的日暉與落霞。終於，我沒有再堅忍着淚水，噙着淚踏出了課室。

這些日子來，明恬心裏正受着許多生命故事的衝擊，她那躁動不安的思緒彷彿不住在心裏攪動着。

終於，在一個風雨橫斜的黃昏，路上人語聲輕緩，只聽見雨水打落在地面上「啲[illegible]」聲響，明恬走在路上，手捧着一樽烏龍茶，一襲長外褂，一條修身褲，拼上一雙布鞋，走起路來蹦跳着似的。這些日子，在明恬的生活裏拼貼着不同的故事，她赫然發覺，原來這些都是生命百態，彷彿催促着她，在往後的人生裏，更要着重「生命」這奇妙的東西，而不再是純粹的名成利就。此際，明恬忽爾在路上奔跑起來，就任那雨水擊打在臉龐上，享受着那頃刻的自由自在。

終於，明恬中學畢業了。

就在升上大學的九月份，明恬開始在香港中文大學修讀內外全科醫學士，她邀請了我參加「白袍禮」，決心在人生裏努力守護世上人的生命。

明恬説：「老師，我覺得自己不再要名成利就，我要當上無國界醫生！」

我聽後心裏一陣悸動：「明恬，你長大了！」

就在百萬大道的盡頭，大學圖書館門前，忽爾，明恬以雙手捂臉，雙眼淚水盈滿眼眶，原來，她實在意料不來，眼前那人竟然是遠道而來的路德老師，明恬單純地奔至，一擁，擁進路德老師的懷中，眼淚就更止不住地流淌着，直沾濕了路德老師的肩膀。

那天晚上，明恬閒散在「未圓湖」旁，抬頭是那中秋蘇月，四野園蒼錦簇，明恬突然想起了廣州天河區的匾額來，想着對上一次在那裏已經是四年前了。未知天河區的那份湖景，是否仍舊在守護着多少個老家庭和小孫兒吧！

他和她——卓峰

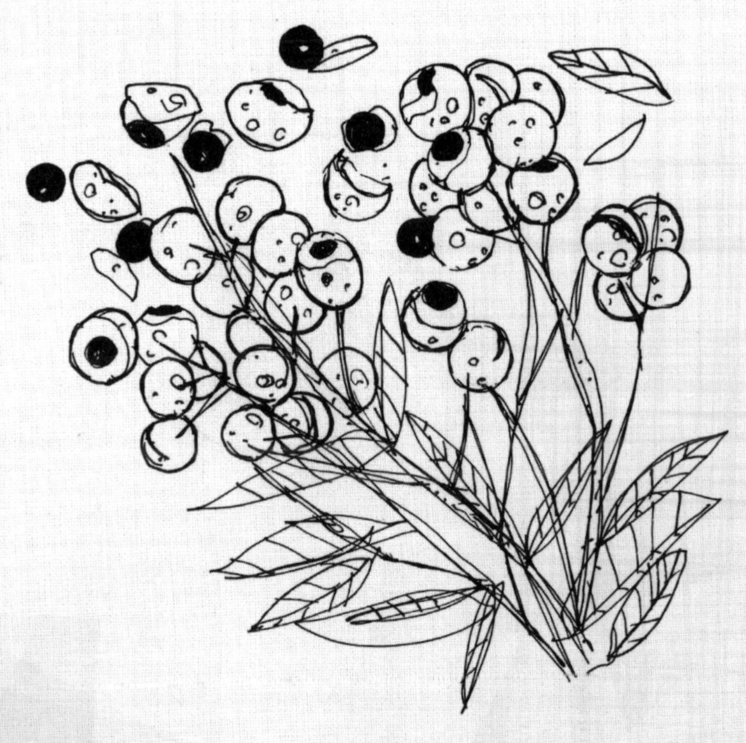

卓峰噗嗤一笑，抽噎得不能成聲，不管李桐潸潸淚下，噙着滿腔淚水，卓峰自顧自地享受着自己的所作所為。只見李桐哽咽不止，翹首頓足，大概受了委屈，氣結得不得了，就倏地衝出了課室。四周同學慌了，班長周晴立時追了上去，卓峰卻在後頭吹起口哨，兩顆眼珠在眼眶內左右滾動，語調輕佻地添上一句：「走出課室後就別回來了，嘻嘻！」男班長郭皓欲上前找卓峰之際，同學們都抓着郭皓，說卓峰這人惹不得，就由他吧！反正告訴老師就是。郭皓的臉靨鼓得通紅，心裏多想替李桐討不平，卓峰卻忽然厲聲吆喝了一聲，就故意費勁地伏在木桌上，裝作怠倦地呼睡着。

訓導主任錢文着卓峰佇候在教員室外，吩咐卓峰反省自己，卓峰裝着木然若訥，像一尊立在峰頂上的石像般。卓峰打算不吐一言，這老頭兒可拿他怎麼樣！訓導主任錢文踏進了教員室，卓峰的國文老師是我，甫出來瞥見他，他大概感覺轉換了空氣，就霍然傷感起來，看來真是淒涼。我最疼卓峰，就輕拍了他肩膀安慰，他連聲向我說項，說自己有冤了，就是因為名聲不好，錢文老師不分情由，當頭就罵。我心裏酸溜溜起來，一直在點頭，然後就應承卓峰向訓導主任錢文說些好話，卓峰頓時感動不已，連聲道謝。只見我推門進教員室，卓峰隨即莞爾而笑，心裏覺得有份莫名的奇妙。

課室窗前安置了一些木櫃，那一掛龍眼仍舊棄在李桐的木櫃中，龍眼都給擠壓得汁液四溢，沾得整個木櫃都是甜膩，那份甜膩把木櫃弄得黏黏的，上面都是一些黑圓圓的龍眼核。周晴與郭皓合力挽起一桶水，然後用白毛巾沾滿，就不住地在木櫃內抹，又把那掛龍眼和一堆龍眼核丟了。兩人猛力揩拭，設法要把李桐的木櫃抹淨，然而身後突然一個黑漆漆幼長的人影，人影遮蓋着木櫃，恰好重疊着龍眼的黑核。二人隨即轉身一瞥，只見一個骷髏人影，頎長的身軀，輕薄的小嘴唇在白嫩的皮膚上甚是配合，那俊朗的俏臉看來奪目耀眼，然而卓峰的俊俏並沒有令他更惹人愛，他這次作弄李桐已挑起同學們的惱火。周晴怔怔地瞪着卓峰，告訴卓峰這次太過分了吧！然而，卓峰彷彿積累了過多的自我與輕率，直把二人不放眼內，就變本加厲地放肆起來，卓峰不住地推撞着課室的木桌椅，發洩悶哼，就像體內藏不住的那份躁動與不安，頃刻滋生成形。就在郭皓站起來之際，卓峰早已逃至課室門外，做了幾次鬼臉後便一逕地溜去。

以後，卓峰更被同學們孤立了。然而卓峰那禁不住的惡念頭，時刻都在發酵，聽說他自升上高一以後就是這樣。那年嚴冬，一天放學後，我瞅見卓峰獨個兒坐在學校小食亭中，他的雙腿擱在橫木椅上，雙手摟着膝蓋，身體俯着蹋成了一團糯米糍般。我瞄了卓峰一眼，直走向他身旁，猶未打算開口慰問，他就抬頭，冒出青澀的眼睛，告訴我：

「老師，昨夜，我家裏突然來了個女孩，爸說這女孩從今開始就是我的妹妹，以後一起住，就是一家人。」

我盯着卓峰，心裏酸溜溜的，就特別憐愛他。

卓峰接着告訴我：「我討厭這個女孩，恨不得把這個女孩攆出門外，甚或倒過來自己離開這個家，我恨爸毀了這個家。」

「卓峰，我是明白的。然而，當現實走到這裏，你覺得，你可以給她一個機會嗎？」

卓峰沉默了半晌，又接着說：「媽在這事以後溜了，聽說跟了洋人到加拿大去了，而這女孩就開始每天住在家裏，看她的長相，這女孩到底與我的年紀沒有兩樣。」

我一直知道卓峰有些孤僻，他這個家就像困着了他。於是我替卓峰預備了一些活動，藉以開啟他的思緒。恰好開學時分，高一同學就談起籌組學生會內閣一事，其中郭皓和周晴正好商議組閣，二人把同級內能幹又肯辦事的都找來了，馮波、李濤、商儀、向朝、戴雲、鮑節、王雪等，都是高一生內享負盛名的，每人都有本事，大概這一班實力超班的同學可以在選舉中獲勝。然而，高二同學今年決心捲土重來，聽說高二組四處收納了許多店鋪優惠，實行以福利滲透全校所有同學，大概成效頗大，既快且準。高一組同學都是心思細密的，在各項事情上想得周到，每逢開會時同學都兀自考究政綱，思前想後，可是，這班高一生卻忽略了競選的重要一環，就是辯論環節。正在預備政綱辯論前一周，高一組邀來錢文老師，李濤、鮑節、王雪準備了一堆假設提問請高一組同學回應，只見郭皓、周晴與一眾同學顫抖抖的，有的汗水淋漓地淌着，有的捏着拳頭裝着要說，有的左晃右晃差點連鼻涕都流下來，有的居然給口水沫嗆着喉頭有話不便說。錢文老師看在眼內，咯咯地笑着，然後啐了一聲，推了推眼鏡，就建議高一組當再考究怎樣辯論，大概政綱周密亦要偶見親和，辯論進退有時，口才怎樣，勝負怎樣。

黃昏夕照自走廊映入，課室門外倒三角的門影起落浮動不定，微曛迤邐着窗簾，在銅片簾縫中閃爍着詭譎的光暈，似乎在課室內同學的思緒都摻着雜質，浮定不穩；就在此際，我和卓峰在廊上走着，甫瞥見房內各人，訓導主任錢文老師都在，卓峰心裏頓然起了一份曖昧，還未來得及將那截外露的內衣藏起來，錢文老師早已召喚卓峰到課室內，同學們端詳了卓峰一會，他卻撅着嘴，眼珠往窗外那昏黃的夕陽瞧。那天，卓峰就這樣成了高一組的內閣成員。

就在兩組內閣同學互相辯論質問之時，所有高年級同學齊集禮堂，一眾同學諸多阻撓，郭皓與周晴心裏慌亂了，周晴尤其困惑，彷彿四周都沾染着鬱結的氣氛，既侷促又不自在。正當高二組言辭甚鋒，質問成效與可行性之類的題目，忽爾全場屏住了氣，就在等待高一組怎樣回應。突然，卓峰站立起來，昂首挺胸逕自走向禮堂台上中央，他輕敲麥克風，瞄了一下台下眾人，雙手突然張開，就滔滔地闡述高一組的政綱，又切切實實地反駁了高二組的質疑。卓峰挪一下身子，歪頭側目，說話時淡定自在，時而高潮迭起，時而幽默風趣，坐在後頭的周晴不自覺地放鬆了原來緊捏着的雙手，還偶爾將頭向後一昂，秀麗的髮絲飄逸，正與台下聽得津津有味的同學相映着，都是輕舒自在。繼而卓峰蹙起眉頭，裝出憾恨的模樣，搖首慨歎高二組數句揶揄之語，然後嘴角淺笑，鞠躬欠身，發言完畢。

此時台上台下老師同學無不掌聲雷動，而卓峰的目光，卻只投向禮堂後端的我，我默默點頭，卓峰就在台上點頭回應。在卓峰心內，大概這次是自己首次獲得同學認同的時刻，卓峰有些顫巍巍的，凝視了同學一會就焦躁起來，掉頭就跑。然而，他沒有忘記，在禮堂右前方，有個臉容鬱積又綳緊的女同學盤坐着，一臉不屑地輕蔑着卓峰的發言，由始至終都在死盯着他。最終，高一組內閣當選新一屆學生會。

我特別欣喜，原來惹人厭的卓峰長大了，人也成熟了不少。我說：「卓峰，這次選舉後，你不同了！」卓峰輕撫後腦勺道：「不知怎的，那些我從來都沒有看在眼內的同學竟然接納我，我在辯論中彷彿活出了另一個自己。」

我溫婉地說：「你從前就是愛作弄同學，現在這活動是把你說話的恩賜都呈現了，你要好好地建立起自己來，別走回頭路！」

卓峰揚着一口氣息，就在靈魂與骨髓中注入了那份青春的魄力。

漸漸地，這學年逐漸遠離了隆冬，步過初春，迎來仲夏，似乎，日子隨着歲月流轉，思緒會隨之變化。今天，我整天都心事重重，因為我在思想着一位同學，就是李桐。李桐今天正式向學校申請，她要更改個人資料。李桐從此不姓李，改姓卓，就是卓峰的卓，新名字是卓桐。

風又吹過一陣子，時間又淌過了一點，選舉後兩個月，學生會工作多了，原來消瘦的卓峰那瘦骨稜稜的雙手更見枯槁，然而他彷彿一下子成熟了不少，處起事來責任心重了，那雙佈滿血絲的眼睛反映他的倦怠。卓峰不知從何而來的幹勁，愈做愈落力，到底把事情弄得妥當，同學們都放心了。我固然甚是欣樂，偶爾盯着卓峰東奔西走，我心底有些安慰，覺得這少年人若不是抓着那次機會，今天還可能是混混沌沌。大概最意料不到的應該是訓導主任錢文老師，那次錢文老師發覺卓峰拚了命地在準備運動會至弄得一身發疼，他一逕直往物資部跑，旋即與卓峰一同搬運起物資來，只見兩人相視而笑，兩人的外衣剛好徐徐地在風中拂揚着。

我走向錢文老師和卓峰，囁嚅地說：「你們成了好友嗎？」卓峰輕笑說：「對！是錢文老師給了我機會！」我連忙接上說：「對，人生就是需要機會。卓峰如是，錢文老師都如是！」二人相視而笑了。此際，恰巧卓桐背着那藍白直條的布包緩緩地走過，卓峰瞟着卓桐，我瞧着卓峰，就再說一遍：

「人生需要機會！」

卓峰逕自走向卓桐，就直截了當地對她說起話來：「爸說今天做飯，我們都要早回家。爸說龍眼當造，一塊回去採摘。天開始下雨了，如果兩人撐一把傘，倒不如一起奔跑。來吧！」

卓桐沉吟了半晌說：「看誰跑得快！」

卓峰、卓桐、錢文老師和我都笑了！

「人生需要機會！」

紅豆糕的歲月——唐繆

踏進十二月，到處都是節期裝飾的氛圍，我家的聖誕樹早已豎立，樹上耀炫的亮燈映照大小雜色光球，將家裏都染得赤紅紫醉，甚是迷人。半晌，陽台上忽爾一陣乾烈的風，把那株早已凋謝的檸檬馬鞭草吹落，恰好與本來沃蔓的百里香交纏在一起，我走近一瞥，花盆後原來已結了許多蛛網，蛛網上一個個蟲繭，旁邊還糾纏着蟲屍，馬鞭草和百里香的殘枝正倒在蛛網上。室裏室外，環境迥異，猶來不及歎息，此際手提電話響起，話筒中是一個小女子的尖叫聲，她是唐繆。

「老師，我怕得要命，快來救我！我很怕，你還不來我就沒命了！」這下子聽見唐繆着慌的在高呼亂叫，然後後頭傳來幾陣「砰！砰！」的響聲，聲音一下一下地敲打着，唐繆就嚒嚒呀呀地在叫嚷。此際，除了安撫唐繆冷靜，還得了解發生了什麼事情。唐繆開始落淚了，語帶顫抖地說自己在家中房間內，門外的就是她父親！倏地，看似平靜了幾許，唐繆把握時機告訴我，父親這下子不饒她了，倘若門一開，必定把她好好地打，要麼苦苦求饒，要麼由父親打死就是了。「呼！呼！」聲響瞬間又來了，這回聲音更響亮且短促，她父親用力拍打着木門，彷彿把門中央的空洞擊打了出來，然後父親吆喝了幾聲，門外就傳來另一道門的關門聲，應是父親離家了。唐繆恍似輕吁了一口氣，說：「老師，我安全了，父親今夜回內地去。」大抵唐繆家裏可短暫地平靜了。

遠看天空開始起了殷色，對面人家燈火逐戶滅去，陽台上的香草仍然死寂，然而，我家的聖誕樹卻響起了悅耳的音調來。

早上寒風仍凜，樹葉搖搖曳曳，雖未至於隆冬，四面襲來仍舊是刺骨，校門外枝蔓匍匐，卻依稀散發着一股香草氣味，遠處走來的就是唐繆。她剛打了一陣盹，然後一雙亮白的眼睛凝着，空靈無神，卻又像是一頭嗜血的野獸。我趕忙召唐繆來問個明白，只見她憨態的樣子，齜着一口白牙齒，碧熒熒的眼睛仍舊稚氣。唐繆坦然告訴我，因為給父親發現了抽菸，所以就給責打了，這還不是頭一次抽菸，她倒不明白父親何以反應過猛，我正要警示她的嬌縱任性，有哪個父親受得女兒抽菸？唐繆彷彿笑岔了氣，連忙告訴我菸是父親的，平日父親抽菸比她更猛，家裏都是菸。父親倒沒有怪責她抽菸，只是責備她在家抽。我頓然張口訝異，都愣住了，沒想過事情倒是這樣發生的。

我到底不明白人何以會抽菸？每回我走過一羣人圍着垃圾箱抽菸，聽說這動作叫作「打邊爐」，大抵我意識到要開始憋氣三十秒，然後三步併作兩步疾走過去，此時一眾煙民習於旁觀，從容地拉長脖子輕呼一口灰濁的煙氣，我僅半蹲走過，正好煙氣滲入髮根，然後整天的頭髮都沾上煙味，還得不住向身邊友人解釋自己不是抽菸的人。聽說從前的年輕人愛抽菸是常態，屬有個性的表象，現在大抵抽菸有些過時，卻仍舊有些年輕人愛抽，唐繆就是了。

幾回瞥見唐繆，她又消瘦了一圈。唐繆本來身材高挺，濃眉高鼻，沉默性子，有時上課不太專心，就瞧窗外看，彷彿窺視着心裏的自由。如果可以，我想唐繆早就不上學了，反正打從高中起唐繆就有意選美，誰知現代選美的人，學歷都要高，她是懂得的，才苦下鍛煉向學起來。一天下課，唐繆在廊上一直瞅着操場，依她的眼珠，定是瞪眼看小杰，小杰是學校籃球隊隊長，較唐繆高一個級別。小杰身材魁梧，黝黑的皮膚上沾着汗水，在朗日下更顯這運動健兒的瀟脱，無怪乎情竇初開的唐繆羞答答地看得目迷神飛。初中那年，唐繆在家政課弄了一碗紅豆糕，聽説她勇毅地遞給了小杰，小杰舀了一瓢，礙於體面，加上人又憨厚，只向唐繆説了聲謝，就回頭遠去；正當籃球隊員咯咯的笑起來，唐繆才突然醒覺，一臉抽搐地急步離開。

直至現在，唐繆大概仍以為自己表達了什麼少女情懷，一逕着重起裝扮來，猶在周末的日子，這種少女情意如紅豆糕般香甜，唐繆身上醞着那股香水味道，就這樣飄散在道旁，芬芳幽雅。然而獨自走在路上漫無目的，唐繆心裏的鬱悶一下子發酵，拐跑了那份清純與淡雅，唐繆自袋內掏出香菸，就在燃點香菸之際，濃烈的氣味侵蝕了那份清馥，同樣出自唐繆的氣味彼此混在一起，到底成了一股難以名狀的獨有怪氣。唐繆佇立在那屋邨商場後頭的道旁，挨在小石磚砌成的灰牆上，吁出一口煙圈來，心裏突然想起，父親現在到底在哪裏？大抵那次差點令人喪命的責備後，就再沒有看見過他，唐繆倒是有點想念起他來。轉念間，唐繆又想起了選美，朝手提電話一瞥，樣子倒是上乘，卻還得拚命用功才得個好學歷。半晌，小杰又不知何時在她腦內遊走，唐繆心裏一下悸動，想起那件紅豆糕，靨上就添上了一片微紅，然而這突如其來的片刻想像，讓她覺得小杰就像和她拉上了一些關係。

就在沉思之際，倏忽，後頭真箇傳來小杰的聲音，疑幻疑真，「虧你抽起菸來，太土氣了吧，幸好我們運動員不抽，運動帥氣多了，知道了嗎小丫頭？」糟糕了，真箇是小杰，唐繆緊盯着小杰，心裏一下一下躍動着。小杰話説完了，就朝遠方跑去，唐繆原來微曛的臉就顯得格外通紅。這下子糟了，給小杰看見自己抽菸，還來不及把持着香菸的手擱在身後，頓時唐繆心裏那份想念戛然而止，喟然歎着自己是一頭怎樣愚昧的豬。

正值十二月學界籃球賽月份，籃球隊表現理想，一直就打進半準決賽。人家説籃球健兒在球場上有最佳水準，不是因為狀態，不是基於技術，亦不在於戰略，而是因為有女孩子在場支持聲援。就在此際，唐繆主動詢問老師可否到場支持籃球隊作賽，她説話時含糊其辭，像在探索着老師的想法；我固然不置可否，倒讓她自説自話起來。唐繆大抵个是味兒，甩一甩那一綹秀髮，單刀直入，直截了當的説她要往觀賽，請我批准。我徐徐放下筆來，就問起她：「唐繆，到底是抽菸時髦，還是打球時髦？」唐繆「哦！」了一聲，認為我又在説教了，就繼續慫恿我，可是不得要領，就只好懂事地説打球時髦。我告訴她：「球隊所有隊員都不愛抽菸，你這樣子怎能成為球員的頭號粉絲？」唐繆一逕趨前，以低沉的語調，決意地說：「我……以後……不抽……菸……」

為免我家陽台上的檸檬馬鞭草和百里香就此斷送繁茂的可能，我決意清理陽台上的蛛網，把污濁的水傾倒了，原來刺鼻的臭氣隨即消散，然後我再在陽台上放置一株非洲堇，陽台頓時香氣撲鼻，只待初春與仲夏，檸檬馬鞭草與百里香再次茂盛起來，將香氣重新填滿這可愛的窗櫺外端。忽發奇想，我把家中那棵聖誕樹遷到陽台的玻璃窗旁，在幻紅透綠的燈光映照下，那株非洲堇，像格外挺拔似的，原來的深紫竟能幻化成七彩色澤，顯得整個陽台也登樣了不少。

朝着陽台相反方向，我趿着那雙三間 Ultra Boost 跑鞋，離家往外跑步，鍛煉那本來羸弱的身子。

大概小杰這些注重身了的人，走起路來也特別清爽。不知怎地，近日再遇唐繆，她已沒有如昔般鼓着腮幫子，反而走起路來利落乾脆，說話時沒有左遮右掩，笑容可掬又帶上幾分活潑，有時見她課後急步往校門外拐跑，一逕就消失在河堤的另一端。有回剛巧碰個正着，唐繆箍着自己的膀子左搖右扯，用力地在拉筋鬆胳，然後歪着頭就告訴我說，自己近月來清醒了不少，那些害人的菸早就丟得精光。她牀沿上擺放着的只有兩樣，就是運動頭箍和運動手腕箍，原因就是自己已參加了來年的渣打馬拉松，現在正好準備身子。唐繆那原來瘦稜稜的肩胛彷彿增加了一些肌肉，大概近月來的練習起了一些成果。

馬拉松當天，唐繆、小杰和我都在賽道上，唐繆頭上箍着那粉紅色頭箍，顏色正好如紅豆糕。她說許多選美佳麗都跑，她這回也要邊跑邊美俏。小杰如常的健碩，口裏嚼着口香糖，輕鬆自若，一屏氣一呼吸都證明了自己是運動健兒。而我這從眾的跑手，一方面只為鍛煉鍛煉，順便鼓勵一下唐繆，看她能跑完比賽不能。

秋風唧唧啾啾，吹醒了各健兒，只見跑道上都是笑靨，各人都在嗤嗤地笑，享受在東區走廊上那迎風而來的自在。在人羣中，我瞥見唐繆，她猛地在對着道旁的一個男子揮手，看她臉上堆笑，這男子想必是她的父親，在這秋晴的早上，來伴着唐繆參加她的人生馬拉松。我取下那掛在脖子上的毛巾，揩揩汗水，就起勁地往前奔着。

不知家裏的檸檬馬鞭草和百里香，來年又將會怎樣茂盛地生長。

指爪留痕——許翹

此際，耳畔傳來悦耳的歌聲，聲音清脆、爽性，大概這年頭鮮有這種腔調的歌聲，甫經過音樂室，這獨特的聲線想必是來自許翹。音樂室門半合虛掩，正好洩露了內裏的一碧春曉，音樂室裏的歌聲是野地百合，謙卑祥和；又是餐桌野玫瑰，芬芳吐艷；更是青瓷富人牡丹，異常珍貴。説的是許翹那歌聲的溫度，變化多端，卻輕緩有致。許翹自小在音樂世家長大，唱起歌來特別入迷，聲音扣人心弦。無怪乎那份美妙，讓許翹在校內吸引了一眾高年級的學兄青睞，猶在上個學年開始，自許翹考進了合唱團，不知從何來了一堆素未謀面的男生，大抵畢生沒有認真踏進過音樂室，忽然將體內所有的音樂細胞都激活了，拚了命都要考進合唱團來，就是一部分男生果真考了進來，男生們在合唱團遇上許翹就顯得名正言順。從此音樂科戴老師就自豪了不少，走起路來人也輕盈了，這些男生真箇成了戴老師退休前的快慰和鼓勵。

今年合唱團首次練習，許翹已在高一。聽説戴老師今年有意參加一些高水平的歌唱比賽，還親自挑選了曲目，許翹就是合唱團裏的女主音。此外，部分小組獻唱就由男生夥拍許翹。這下子糟糕了，那些鮮嫩的小男生竟與學兄們競爭起來，每人都搶說自己勝任與許翹合唱。那個平日嬌縱任性的天卓，那個趾高氣傲的雄煜，還有那個初遇世情的志全，在那年初秋的課後，老早聚集在音樂室準備參加試音會。在毫無預兆下，這幾個男生的神經一根根地麻死了，大抵開聲不到三十秒，戴老師就以高頻叫一聲「Next！」然而，只見坐在前頭第一行最旁邊的一個小男生，眼睛水靈，頭髮像披頭四，嘴唇鮮紅帶有血色，個子矮小，走起路來瑟縮羞答，忽爾唱起「Pie Jesu……」，那清晰通透的音質，讓整個音樂室裏本來在加油添醋的男生都靜下來了，大家都屏住了氣，目光投向小男生。戴老師驚悉小男生的歌聲，一下子彷彿脈搏都紊亂了，翹首傾耳，手指托在鼻子前，用心聆聽這小子的音色。唱出這美妙歌聲的就是畢羣，頃刻，他的歌聲吸引了座席上的許翹，許翹一個箭步佔在畢羣身旁，輕柔地唱起女聲部分，二人合拍至極，看得天卓把牙關咬得老緊，就在二人唱至對望之際，天卓把雄煜的胸膛戳了一下，就轉身離開了音樂室。

終於戴老師選上許翹和畢羣。校園內影影綽綽，那幾棵棕櫚樹頗有南亞風情，畢羣在操場上蹓躂，就在等待學姊許翹。畢羣總不明白，明天就是比賽，許翹學姊近日才減少了練習，猶在放學後立時衝離學校，然後才姍姍來遲，回來練習了合唱部分又離開，大概至今仍舊未完整地唱過一遍。畢羣心想，許翹學姊或許拍拖了，男生是校外的，高大運動型、窩心暖男，是許翹學姊喜愛的類別，畢羣想到這裏，剛好佇立在棕櫚樹前，就頓感納悶。畢羣開始懷疑，自己這份躁動不安的繁複，是否代表自己已經正正式式地踏入青春期，許翹愈是耐人尋味，自己就愈是喜愛她的神秘。畢羣發現，這個世上，除了古典西洋樂，原來還有其他事情是可愛的。這一刻，畢羣突然不再焦急許翹什麼時候回來練習，反而許翹仍未回來，他的等待恍如一壁戀人，在各自忙碌後有着溫度更佳的相處。想到這裏，畢羣在棕櫚樹旁愜意地笑了，他漸漸地愛上了等待。

音樂比賽開始了，首先是女聲獨唱，許翹出場了！許翹站在台上，怎樣看都不是高中生，樣子成熟美艷，那深邃的眼睛帶有一種印度少女的閃爍，淡定凝神。就在音樂響起一刻，只見許翹輕輕地闔上眼睛又張開，豐潤的嘴唇收緊再釋放，唱出「Pie Jesu……」緩慢清澈的歌聲，唱出安德魯韋伯的名作，猶在歌頌慈愛的耶穌洗淨世人的罪孽，整個會場都充滿了來自歌聲裏的安祥，直至最後的高音調再紓緩，大概許翹完成了她的演唱。此際，許翹向着台下，聽着掌聲，嗅着優越的味道，就微微竊笑，一轉身，自在地隱沒在後台那黑暗裏。半晌就是小組合唱，許翹與畢羣同時登場了，這次許翹受了很大的注目，大概剛才演出太有水平。在旁的畢羣曉得各人的期許，於是就越發顫抖了。畢羣昨夜還想到難得情侶檔上場，現在別說什麼，就算要應付台下看着自己的眼睛都不容易，又何來這青春的浪漫？許翹與畢羣就像荊軻與秦舞陽，強弱分明。果然，意料之內，許翹獨唱得了冠軍，而小組合唱就名落孫山了。

華燈眩目，沙田担杆莆街仍舊繁華，各類型的汽車駛進駛出，有些富麗典雅，是上流社會的轎車；有些卻型格非凡，是追求時尚的款式。左邊就是沙田大會堂，大會堂有一條長而寬大的梯子，梯子底部時常都結聚了一些年輕人在跳舞。畢羣這夜獨自走過街道，心情仍舊不好，猶在躊躇自己的愚昧，浪費了比賽，心裏自責，又氣餒膽怯往後是否再參加比賽了。眼前這班少年人，年紀看來與畢羣相若，覷看應是久經鍛煉了，這班舞者邊唱着時代曲邊跳舞，甚具活力。少年人唱起歌來音準很好，舞蹈時毫不瘦疲，然而畢羣覺得這些表演美是美，卻不及古典音樂般殿堂。他斜睨了沙田大會堂一眼，心裏慶幸自己選擇的，是能登大雅之堂的古典西洋樂。剛好自沙田大會堂梯子頂部，有一女子迅速走落，在最後幾級梯子一躍而下，然後按照音樂擺動，唱出甚具時尚感的流行歌來。霎時，畢羣簡直發瘋了，陡然驚跳起來，又驚又瘋，因為這個女子竟然是許翹。

二人終於說起話來。許翹喘了半天的氣，就問起畢羣的着落，畢羣到底沒有識破自己的心情，反倒訝異許翹的作為。許翹眉頭畫得飛揚跋扈，臉上油汗直往下流，就直言不諱地說：「畢羣，你看這些舞蹈多時尚，這些歌曲又趕時髦，我實在愛極了！」畢羣聽罷嗓子抖着，差點兒把許翹說成是誤了人生的笨蛋，還反問許翹是否忘了古典音樂的追求。此時許翹掄起雙袖，氣咻咻地告訴畢羣：

「我就是覺得世上所有東西都可愛，除了古典音樂。」

許翹摟着畢羣的脖子，告訴畢羣外面的世界多大，好歹也要追求過、享受過。霎時，在二人背後的流行音樂又開始鼓動着，許翹給畢羣一個擁抱，然後單了一下眼，隨即融入了一班舞者之中。忽然間，在畢羣背後，沙田新城市廣場的玻璃門開敞着，人流穿梭，畢羣依稀聽見，裏頭的古典西洋音樂正悠揚地播放着。

自畢羣與許翹相遇後，許翹真箇沒有再參與合唱團。當許翹退團後，不知從何時起，陸續有些男生都退出了。今天，剛巧戴老師與許翹遇上了，戴老師徐徐坐下，就和許翹談起來。

戴老師告訴許翹，她是自己教學生涯裏面所遇見最優秀的學生，人家說天資與勤力都重要，許翹就兩樣兼備，大概將來的歌唱界裏必有許翹的名字。許翹確實了解戴老師的期許，說到底費了如此心思指導一名學生，一下子就說不再參加，着實相當可惜。然而許翹不知從何時起，莫名地失去了對古典西洋音樂的熱情，她的思考頃刻停留在流行歌舞上，這種歌曲的跳躍感是一種獨有的魅力。

許翹告訴戴老師：「老師，不知怎樣感謝你的賞識，老師的想法我是明白的；然而，我倒以為人生是漫漫長路，如果今天我找到了自己的興趣，在這門學問上追求，哪怕是俗套，沒有古典樂的殿堂，卻因我忠於自己的選擇，命也拚了，大抵最後不是成就與否，拚過就滿足了！」

就在戴老師欲言又止時，許翹搶着告訴戴老師：「老師，我最愛的歌手是Charlotte Church，她不就是從古典西洋樂改唱流行曲了嗎？現在，除了學業，我在意的，只有流行歌舞。」

戴老師聽後搖頭擺腦，手握出黏膩的汗，焦急地告訴許翹，自己也認識一兩家音樂機構，正打算挑選富潛質的古典音樂女主音，還請許翹思考一下，再作決定。許翹想到不讓戴老師失望，倒不敢硬梆梆的，情緒卻在裏頭不住攪拌。許翹不知怎樣推搪，最後竟鐵起心腸，告訴老師：「老師，已有流行曲唱片公司和我簽約了，事情似乎已經塵埃落定。」

戴老師徐徐脱下眼鏡説：「原來如此！」

戴老師又沉吟了半晌，臉上忽然浮漾着半點笑容，然後就把自己喜愛的曲譜送給許翹，語氣溫婉地説：「翹，你説的對，你正值青春年華，人生道路漫長，難得你及早尋得自己的興趣，忠於所選，這是何等的透徹。老師惜才，然而你更知道自己的目標與期許，那就向着自己的選擇拚吧！」

許翹吁出一口安舒的氣，面露滿足的笑，謝過戴老師。

四周習習的涼風，吹得人都爽朗清新，戴老師佝僂着背，站了起來，祝福許翹，許翹接過曲譜，手抖着，眼睛有些濕濡，心底非常佩服戴老師的專業與熱情。

雖然今天許翹暫且告別古典西洋音樂，然而戴老師一直以來的堅持實在鼓勵了她。縱然將來的路上想必遇上砭骨的寒流，大概許翹仍能雙手作揖，迎風而上，在自己當下選擇的步道上，忠於所選，忠於所求，雖然偶然指爪留痕，畢竟都是生命裏的一份滿足與追求。

安身立命——薛明

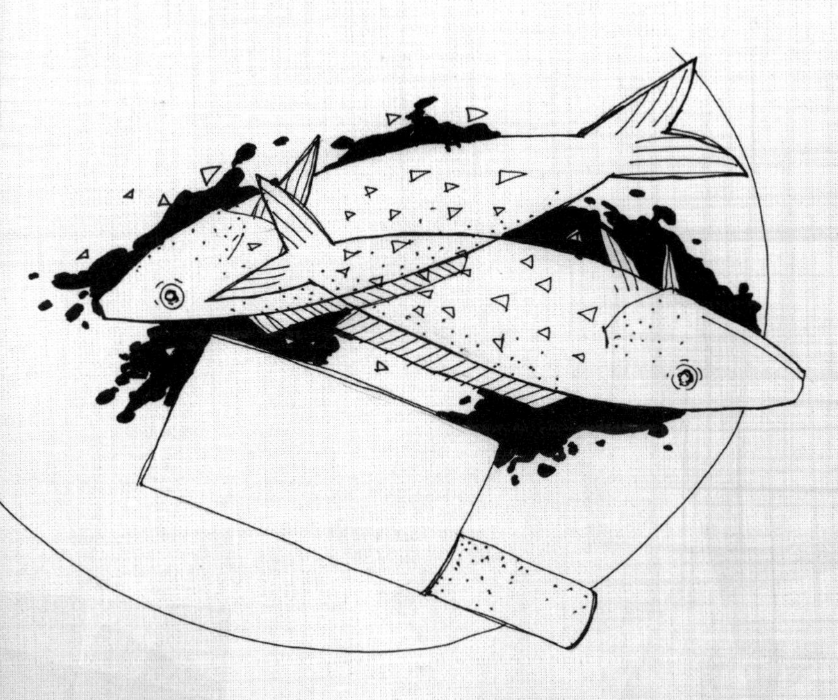

薛明雙目熱淚滿眶，手執一封書信，趿着家用拖鞋，卻不慎打了個踉蹌，才意會到自己已身在河傍街。其實薛明心裏早打算跑到這新墟街市，因為媽在街市裏頭賣拖鞋。薛明本應喜上眉梢，把這封訴説好消息的書信往媽媽遞，告訴媽自己已給取錄了，這是原來計劃中的結局。可是，不知誰下了咒，竟毫無預兆地將薛明本來的取錄信更換了，現在信上明明白白地寫着「抱歉！」薛明哭得很蒼涼，卻又生怕街坊街里們認出她來，便低俯着頭，掩面逕自走進新墟街市，直向媽訴苦説項。

就在薛明拐進街市之時，只聽見刀聲橐橐，那魚販寶叔一股勁兒的提刀下劈，那刀鋒口剛好落在那尾烏頭魚的身上，烏頭魚立時一分為二攤死在砧板上，一股腥臭魚血氣味隨即飄至。寶叔大概技癢，隨即轉身一手抓起一尾石斑，然後雙手捧着，費勁的將石斑摔在砧板上，再手執鋼刀放平，拚命的在拍打那石斑魚，那幾下刺人的拍打聲音有一陣沒一陣，然而每次刀落，都直教薛明毛骨悚然。薛明覺得受不了，竟找上寶叔，算是寶叔的霉氣，薛明直呼寶叔別再拍打好吧，那陣嗆鼻的腥味無人受得了。寶叔霍的怔了怔，就赫然停下來，寬舒地說：「小丫頭今天來晚了！」薛明隨便打了個眼色，就直往媽的攤檔去了。自小學開始，薛明每天放學就匿藏在媽的拖鞋檔裏頭讀書，看的書都是香港本土作家作品，她很愛香港這地方。

那年仲夏，香港中學會考放榜，薛明成績恰巧考上中六預科，在相濡以沫的溫暖裏，薛明與要好的同學一起開展新階段。學期伊始，薛明心裏就有股翻騰與滾燒的熱熾，催使着她裏頭的蠱惑，就牽頭與幾位好友發動起生態寫作遊，着我這位文學老師一同往塔門寫作。我認為這主意好，就在暮春三月大夥兒同往，事情就這樣成了。薛明準備了烤魚，魚是在寶叔的魚販檔取來的，寶叔專挑幼長魚身，味道特別可口。薛明穿了媽媽攤檔的人字拖鞋，在塔門綿軟軟的青草地上，分外愜意。甫抵塔門海傍街，薛明與要好的戴慧和韓童購了地道小吃檸檬薑，然後牽頭領同學走至「龍景亭」，沿路都是風景。再拐過「呂字疊石」，不消三小時就遊逛了塔門一周。薛明認為這些活動很符合自己的性情，這春天的記憶與表情很吻合，皮膚的色澤剛好又是春天的透晰，薛明心裏很滿意，似乎各樣事情都是同一格調的，十分合拍。

三月既是春意濃稠，人就特別慵懶，然而這月份又是貨真價實的考試月，薛明知道不可以歸咎那溫濡的氣候，倒是那午睡的意志不太安分，薛明莫名的就倒在書本中，那文學讀本掀開，蓋在她的頭顱上，她就此闖進了文學世界。薛明喜愛待在屯門公共圖書館裏溫習，這裏的人特別友善，豈料薛明竟當上兼職圖書館管理員，除了她，還有韓童。

韓童是寶叔的兒子，他愛好前衛，認為販魚是基層生活表現，所以從不在人前提起自己的身世，除了薛明，就只有我曉得。

韓童巴不得自己是個沒有身世的人。

韓童鼻樑修挺，雙目炯炯有神，薄削的嘴最討人愛，薛明每回和韓童在一起，樣子總是羞答答的，時而揉搓着手指，又雙手扣起短髮在耳背，狀甚不自在。對於薛明來說，屯門公共圖書館本來就是個矛盾，這裏孕育了自己的文學細胞，她又在這裏與韓童相處，可是薛明總是認為學問與戀愛不能發生在同一個地方。

在韓童心裏，薛明是個可愛爽性的女孩，辦事效率高，醉心中國文學，愛文青所愛的。那年中六，兩人再次報考會考中國語文，而且所有分卷都是A級；然而韓童倒與去年成績相同，他一向都不着意語文。我認為薛明是可造之才，卻不敢造次，就鼓勵她把作品投向校外。薛明自此開始，幾回投稿到報社及文學雜誌。文章真箇一篇篇刊登出來了，薛明就把每期刊文捧在手裏，乘韓童未返到寶叔魚檔，把文章都交付寶叔，還留一瓢南瓜蓉，擱在寶叔那魚檔後頭。臨行前，薛明吩咐寶叔別取吃韓童的南瓜蓉，寶叔倒戲言調侃，薛明就掬一勺魚缸水，裝作潑向寶叔，然後兩人就相視而笑了。在寶叔心裏薛明是個好女孩，大概管得着韓童這傢伙兒。

那年大暑，陽光熾烈得奪目耀眼，四周都侷促，人也燥熱，韓童早已不願意逗留在魚檔內，他本來高個子，卻要佝着背，來回掏起一尾尾魚來，他覺得這實在是該死的賤命工作。不知是否那份逞強的自尊，韓童愈想愈困窘，倏地把一尾活生生的魚掬起，再奮力拋擲水中，然後吁了一口霉氣，脱下那寫着「寶叔魚記」的藍色背心，隨便扔在地上。恰巧寶叔回來瞪眼看見，就狠勁地大罵韓童：「你這敗家兒！這魚檔虧你什麼？你沒幫上忙，還在這賭氣，你看我今天怎樣對付你這不肖兒。」韓童到底年少氣盛，怒火中燒就破口大罵：「若不是你不中用，哪來這生都當魚販，在這盛夏天還穿着背心汗流浹背，媽早已跟上那銀行家是她不對，但我也不願餘生就當個魚販！」

這話直戳了寶叔的傷痕，只見寶叔雙目通紅，眼睛內佈滿血絲，雙手緊握着，然後逕自走向砧板取刀，掄舞了數下後，憤憤然將魚刀狠狠地劈，那道殷紅的血痕直淌而下，隨着砧板一滴一滴落在地上，那本來早已雙目反白的石斑魚僵死地橫攤在砧板上，寶叔瞪眼望着韓童，強忍着怨怒，義正詞嚴地說：「韓童，我們韓家世代捕魚，若不是你爺爺本事，我們韓家哪來這魚檔的聲望？寶叔魚檔本來就不是富業，但我們卻是屯門區街坊最鍾愛的魚檔。這是家業，韓寶一生會守着！」

只見寶叔說罷嘴巴一憋　憋，狀有什麼想說又吞嚥回肚子裏，然後逕自走向那木板摺凳坐下。四圍忽爾平靜了半晌，四處只聽見那天花上的大扇葉轉動發出的咯咯聲響。薛明早已站在韓童後方，雙手摟住韓童腰間，每回韓童要走上前，薛明就在後頭使力箍一卜，韓童瞄了薛明一眼，她早已冒着涔涔的汗水，緊張得眉頭蹙在一起，韓童這下子才消了氣，撇了兩下嘴，就嚷着離去。薛明向寶叔打個眼色，示意寶叔放心，就挽着韓童自人叢中離開。

這事以後，薛明與韓童真箇走在一起了，為了掩人耳目，不叫同學知悉，薛明每回都扯上了彭慧作伴，有時三人就在屯門市公園踱過來踱過去，三人一起談話，話題就多了。不知是故意或是巧合，彭慧又再提起薛明在中六時候選科的事情，薛明選讀了中國文學之外，還毅然在中六選讀了經濟，原來薛明選科都是為韓童，韓童還是現在才知悉。在那霓虹燈下，韓童瞅着數隻飛蛾在舞動，不知怎的，其中只有一隻飛蛾佇候在燈火前，其他數隻就在天空中亂舞，就像找不着安身立命之家。薛明卻靜謐不語，因為她想起自己的經濟科成績差得要命，然而韓童倒是全班第一。韓童頃刻遠眺天空，那艷陽天的紅彤早已染得壯麗，他心裏覺得他的將來就會如這火燒雲般艷麗，如那覓得歸所的飛蛾般穩妥。

那年放榜，薛明考獲了城市大學應用中文副學士，韓童考入了香港大學經濟系。

兩年後，薛明憑着副學士的成績，申請香港大學教育學院中文教育學位課程。那天，薛明一襲潔白襯衣，黑色套裝，直往中文教育學系面試。就在大學校園外那暈黃的燈光下，一羣飛蛾在亂飛，薛明佇候在燈柱下，盯着那些飛蛾，然而卻未有一隻飛蛾佇候在燈火前，薛明倒不忘記兩年前韓童發現飛蛾的軌迹，飛蛾怎樣飛舞，就像前途如何，薛明心裏面泛起一種不祥感。半晌，我都來到香港大學了，是為了陪伴薛明參加面試，薛明瞥見了我，心裏就安穩了。然而，薛明最終沒有被取錄。

韓童終於闖進了商界，兩三年來已有些成績了。或許韓童會以父為榮，如果韓童不是寶叔的兒子；或許韓童會以家業為榮，如果韓童的父親不是賣魚；然而韓童終究未找到自己喜愛的工作，只是見一步走一步，商業社會裏的氛圍就像那縈繞不住的飛蛾，沒有軌迹，毫無方向。至於薛明倒是沒有考上學位，卻天天回到媽媽的攤檔裏幫忙。有天薛明心潮遇着百感，竟逕自設計起拖鞋的款式，她將幾隻飛蛾刻畫在拖鞋上，隨手將拖鞋的款式放在社交網絡平台。豈料有間著名的品牌公司竟看上了這個款式，認為這個款式帶有中國風，好作推售。薛明沒有料到自己成了著名品牌公司的設計師，薛明媽媽亦沒有再在新墟街市開檔了。

有天，寶叔仍舊在魚檔裏，偶然一隻飛蛾自外頭飛來，正好佇立在一尾石斑魚上。寶叔想起，自那次爭鬧過後，韓童已有好一段日子未有回來魚檔了。

衝線——凌憓

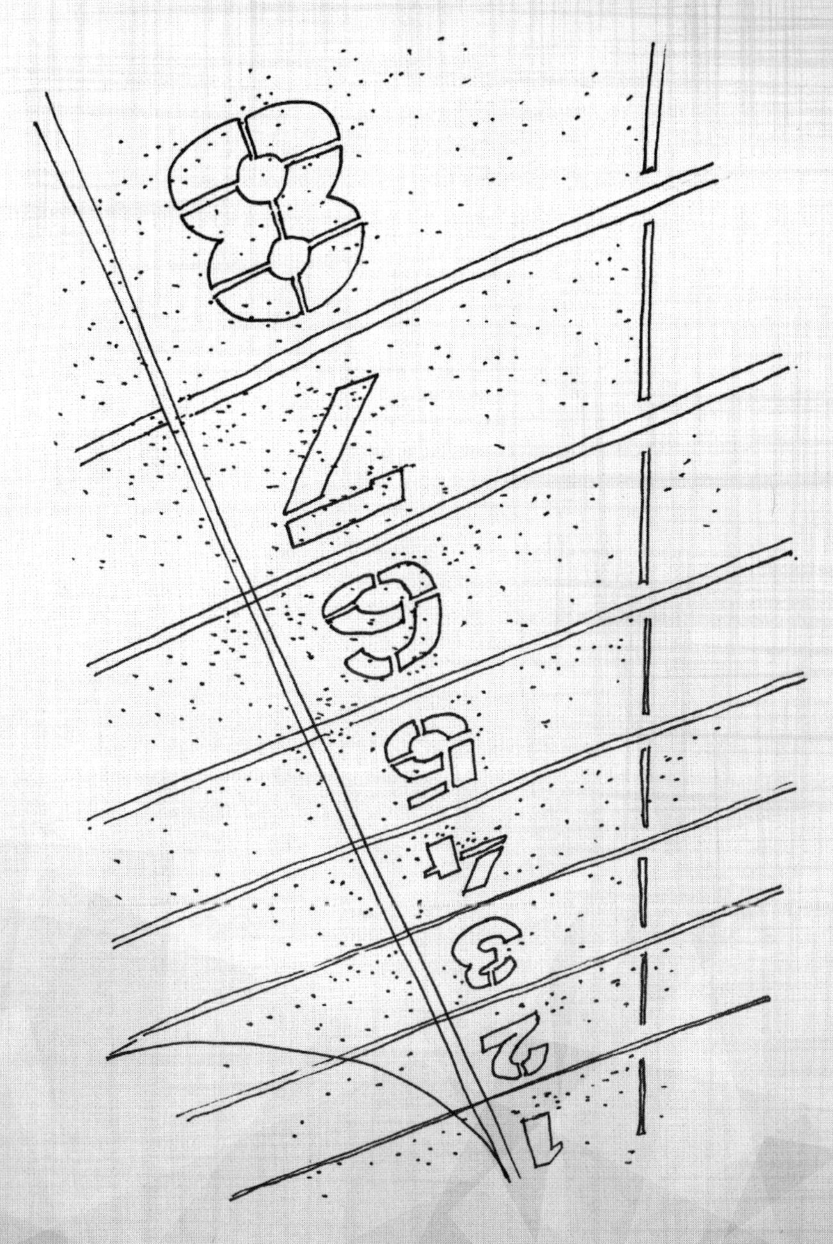

在一輪吆喝聲後，看台上一眾同學熱烈鼓掌，掌聲此起彼落，在灣仔運動場上，各人的目光都投射在凌憓身上，尤其在衝線一刻，凌憓振臂高呼，俯身衝前迎向校運會的新一面金牌，凌憓又刷新了一百米學校紀錄。今年，凌憓剛好從丙組升上了乙組。要説比賽獲獎的難度，對凌憓來説實在不高，甫開跑已一躍而出，然後四肢的爆炸力瞬即爆發，從開始至中段，從中段至衝線，對手就越發被拋開了，臨衝線前，三十米內的跑道上，剩下來的只有凌憓，而眾人着緊的，就只有追求破紀錄的多與少。

凌憓今年只是中二。這年陸運會，凌憓盡得所有參賽項目的金牌，一百米、二百米、跳遠、社際接力、班際接力和友校邀請賽，我們都認為，只要有凌憓賽跑的比賽就是精彩的比賽。凌憓皮膚黝黑，一綹綹髮絲在逆風中顯得爽朗，個子適中，四肢尤其結實，奔跑時深邃的目光如猛獅鎖定羣羊，顴骨隆起又緊咬牙齒顯示了無比的信念，直至勝利了，凌憓就頓時放鬆臉容，回復那個滿臉稚氣的初中少女模樣。一次比賽獲獎後，瞥見許多小粉絲圍着凌憓，要跟她拍照。這些小粉絲有熱情的中文老師，有冷靜的物理老師，又有具分析力的通識老師，總的就是將凌憓團團圍住，凌憓就臉帶微熏，粉紅的臉蛋似笑非笑，蜷縮一下身了又點頭示好，到底是打趣的請老師們不必着急，須拍照的一個個來。瞥見凌憓羞人答答的臉蛋，狀甚可愛，而排在最後的那人就是我，凌憓看見我就說：「老師，來一張自拍，七三臉，放上 Instagram 前請調色。」我反倒有點不好意思。

二月天氣開始陰寒，對運動員來說最不爽朗，凌憓幾許忸怩作態。舉目四看，天色陰翳，風倒是挺烈的，運動場上仍留有腥草味，瘀紅色的泰坦地上，一雙釘鞋悄悄地放在道旁，凌憓開始熱身了。今天是 D2 決賽日，上回在這運動場上的校運會是今天的前奏，今天才是真箇考驗。凌憓首次參與乙組賽事，準備二百米決賽，友校那些中四選手算是經驗老手吧，固然這一臉清癯的小子任誰都不在意她，凌憓倒也不在乎，雙腿左右跳躍，調節呼吸，一深一淺，然後一下用力深呼吸，就瞬間踏前幾步，蹲下身來做準備動作。畢竟沒有經驗，凌憓性急地蹲下身後，旁邊那老手卻裝出飛揚跋扈的樣子，揩一下臉又擤一下鼻子，慢條斯理地徐行，左晃右晃，吆喝一聲後才蹲下身來。當下全場的焦點都集中在去年的冠軍選手身上，而凌憓這名不經傳的選手就像微塵一般，似有若無。

「各就各位，準備！」「呼！」的一聲，看台上熱烈的打氣聲劃破天際，鴿子在篷頭一躍遠飛，泰坦道上八名選手振臂抽手，雙腿費勁地撐，只見那老手甫起跑就使勁領頭，她目光如炬，緊咬雙唇拚命趨前。此際凌憓一直緊貼近她，在彎道上身體微微左傾，拚命不被那老手拋開；直至轉入直路，只見凌憓眼神炯炯如炬，肩胛聳起，忽然發勁起來，彷彿不留情面，瞬間將老手拋在後頭，至最後十米，凌憓已輕鬆地衝線了。凌憓這中二新秀，竟然打破了大會紀錄。在旁的老手嘴巴開合，一雙眼睛瞪着，然後手按膝蓋蹲下身來喘氣，難以置信地瞄着凌憓，凌憓倒正緊握雙手，邊走動邊跳躍，狀甚可愛。看台上「嘩」聲四起，任誰都在考究這小女孩是誰。此際，鴿子又安然地佇立在運動場地的篷頭上。

就是這樣，凌憓成了學校的風頭躉，任她在走廊、操場還是小食部，同學們都樂此不疲地搭訕聊天，有時一臉歹意，攀附一二到底想認識她，凌憓從此時起，臉色就如綻放的杏花，神采飛揚了。恰巧此際，學校在甄選精英同學，藉拍攝短片訴説校園成功故事，而體育運動上的代表，當然選上了凌憓，於是一隊校外專業拍攝團隊就徐徐到校了。拍攝團隊有導演、攝影師、燈光師和一個不知具體工作的人，反正就是極其講究，鉅細無遺。拍攝團隊先是訪問凌憓的成長背景，再擬寫對白講稿，又讓凌憓了解認知，配合一二，然後導演引導凌憓娓娓道來。凌憓初時鼓着腮幫子，不知所措，及後攝影師替她調校坐姿，考究拍攝角度，燈光師就在後頭忙着，而那不知具體工作的人忽爾有了靈光，負責提示凌憓張眼微笑，重複又重複。

漸漸地，大抵這種濕度開始叫凌憓滿足，溫度剛好，凌憓就逐漸適應了節奏，説話時開始指手畫腳，時而齜牙咧嘴，時而故作思考，語調沒有了少年人面面相覷時的羞澀，反倒就是看懂了世情的淡定，都自由了。訪問過後就開始拍攝短片，凌憓更換上了田徑隊衣，一輪放鬆拉筋動作後，就摳着襪子，抽摺背心，然後走在跑道上，蹲下示範準備起跑動作，如此來來回回，攝影師攝取最佳角度，設法把這小女孩拍得像運動明星一般。黃昏夕照，火燒雲紅透了天，一隻麻鷹倏地頓足，向遠方的天際翺翔，霎時看來，這紅彤裏的雲層後，彷彿存在一份不知就裏的不安。

拍攝過後，凌憓雙手摟在胸前，撅着嘴地問及片段何時製作成功，好作欣賞，大抵凌憓猶念念不忘剛才拍攝時的滿足，內心的興奮正雀躍地激盪着。同學們紛紛熱議，呱呱聒噪，討論着凌憓的本事，凌憓裏頭的那股野勁兒卻不知從何時湧流着，她就請同學們得密切留意，言談間神態自若，清脆利落。

直至暮春三月，一天早上，學校收悉凌憓家人致電，原因是凌憓發燒病倒不上課。翌日，凌憓帶着家長信回校，交予班主任，正當凌憓交付了信件後，她就如毛蟲蠕動般轉身離去，然而老師旋即敕令凌憓留下來，一起往見體育老師。體育老師甫見凌憓，就緩緩坐下，用力歎了口氣，彷彿有什麼難以啟齒的說話。凌憓慌了，雙手猛力捏着衣裙，把原本雪白的校裙扯得老緊，坐下來的時候眼珠正左右移動着。體育老師是曾老師，為人謹嚴，處事一絲不苟，就語重心長地對凌憓說：「凌憓，你昨天請病假了，到底是怎麼回事？」凌憓結舌了，就只得支吾其詞，深深吸口氣又輕輕呼出。曾老師說：「你昨天到底往哪處跑？」凌憓知道事敗，顯然是藏不住了，就說：「昨天我往運動場看D1賽事……老師，對不起，我真是想看，我現在D2，難說一天可以在D1比賽，所以我……我只是想看比賽罷了，對不起，老師。」曾老師輕輕撫着凌憓後腦勺道：「凌憓，老師是疼你的，但你這次真的錯了！你知道你們田徑隊四位同學昨天一起請假，難道老師們不起疑嗎？況且D1比賽有我們認識的老師在，你們怎樣以為可以隱瞞呢！傻孩子，你這樣是逃學，你這次錯了！」

凌憓聽老師説罷，頭就俯得更低了，樣子看來添上了幾許酸楚，頃刻凌憓眼眶通紅，眼淚隨着臉龐淌下，難過極了。曾老師到底是愛錫凌憓，就拍拍她的肩説：「唯知道錯就是，然而這次後果倒是要負了。」當下，凌憓更是哽咽落淚，説起話來聲音顫抖沙啞，大抵她真知道自己闖禍了。

這次D1逃學記，實在對就讀中二、年僅十五歲的凌憓來説衝擊很大。就因着這次事件，學校打算抽起凌憓的成功故事拍攝。當老師告訴凌憓這個考慮時，凌憓先是瞪了一下眼，往後打了兩個踉蹌，然後撓一撓頭髮，額頭右傾後用力眨了右眼一下，一抹惘然的難以置信，僵木的臉上半帶呆滯，嘴唇微微張開，似有話想説又吞進去，然後深呼一口氣，吐出二字：「明白。」暈黃的燈光映射出琥珀色的光澤，凌憓站在教室門前怪是孤伶，她給記了過，得參與改善計劃。

回想這年頭，凌憓在運動場上屢獲殊榮，表現實有過人之處，不論在校園內外，都贏得眾人的愛惜，直至學校採訪報道，更讓凌憓心高氣傲了吧？然而一次生命路上的起伏，就叫這少年人重新思考生命的意義與方向，原來生命裏幾許成功與失誤也罷，我們都當察驗個人在背後的處事原則。後來，凌憓認真地完成改善計劃，其中不難看見她深度反省過失，還自發起清潔運動設備來，再加上她苦纏着老師，又用力擠出那兩枚膩人的酒窩，似乎，她的短片又有公演的機會吧！

這幾天，操場上又看見凌憓重新練習了，我看見一眾隊員把手擱在凌憓的手背上，用力按壓了三下，大抵是表示彼此間的支持，而那銀髮皤然的曾老師倏地一聲令下，隊員就立時往賽道上跑，前仆後繼，在金燦燦的夕照下，一羣少年人正向更美好的未來奔馳着。

守護——楊冰

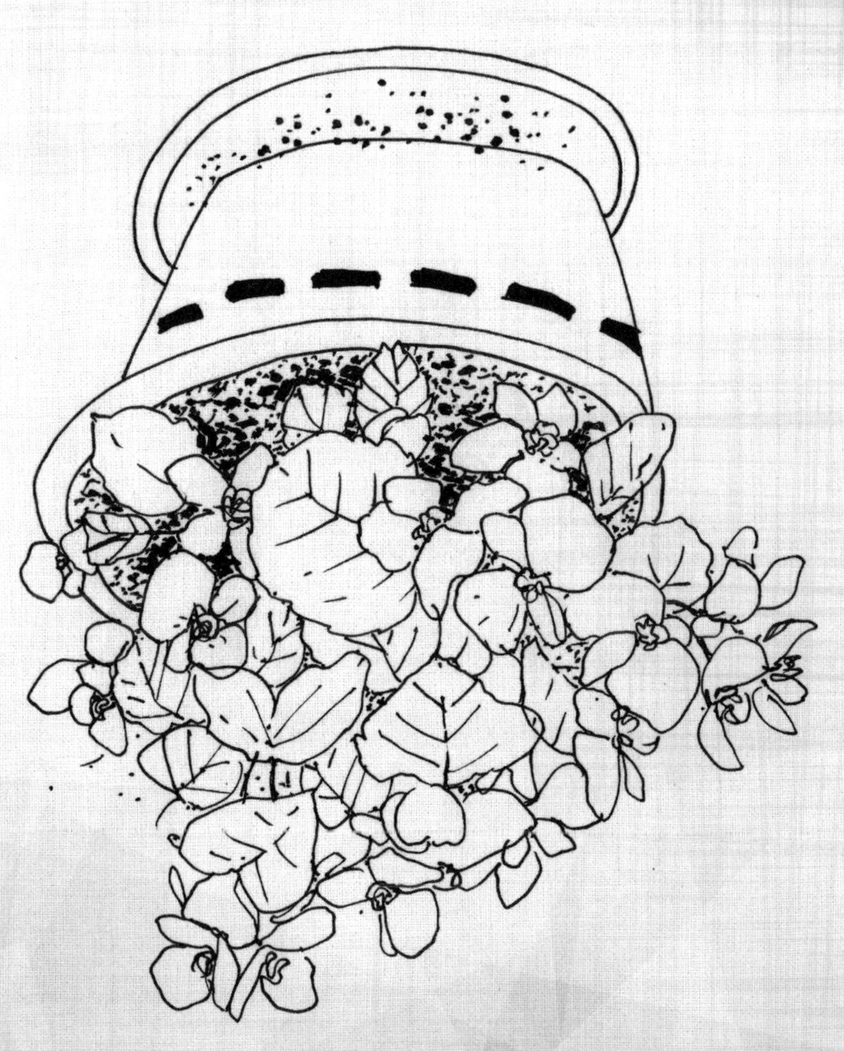

校園外華燈初下，暮色仍舊灰褐，濕漉漉的水窪映照那霓虹燈的冷漠，燈火依然，那「啲噠啲噠」的交通燈早已預示四圍都是僵硬尋常，了無生氣。偶爾一陣陰冷，風裏沾着水氣，那陣陣的寒意籠罩而至，只見路人都在瑟縮着。原來早上不一定精神抖擻，陽光漸見熹微又添絮雨，人就愈是慵怠。楊冰最抵不住這等氣候，走起路來蹭蹬着，又屏着呼吸讓暖空氣在口腔中保存着。楊冰聽見自己喘吁吁的呼吸聲，就索性用厚密的圍巾遮蓋嘴巴，勉強地走進校園。校園裏那些四季海棠開得燦爛，楊冰瞄了一眼，就滿意地笑孜孜起來，這年來，她都在打理校園裏的花卉。

寒峭的天氣猶在，同學們早就窩在班房裏頭，這個年頭班房內的空調竟然設置了暖氣，班房內如溫潤的小世界，同學們都自在地攀談着，有些噗嗤的笑着，有些恂恂儒雅的在討論學術，有些索性鼾睡在桌，伴隨着的是嚴桂那婉轉悠揚的結他聲。嚴桂的手指在撥弄着和弦，輕撥着陳綺貞的抒情慢調，而雙眸就一直緊盯着窗櫺外。窗外那空中花園平台上，楊冰在冷颼颼的陰風中咂着乾癟的嘴直打哆嗦，然而楊冰竟決意脫下手套，那雙僵冷的手，執着小鐵鏟和小鐵耙，就在泥土中翻鬆，然後很愛惜地把植物營養料都添進去，再添上水。楊冰就在這冰冷世界中給盆栽添上那份溫濡，大概那份熾熱的愛心比班房內還要暖烘，而嚴桂就一直在瞥看着楊冰。

那年是酷冷的冬天，同學都相繼病倒，班主任霍老師冷得肩膀拱縮起來，講起課來聲音像瘖啞地喊着，碧熒熒的淚盈滿眼眶，大概霍老師病情不淺，唯那份盡責催使他拚命地趕課。有些狠着心兒的同學倒在背地裏說了一籮筐話，上課時候故意捂着嘴巴，正當霍老師害命地咳嗽，那幾位同學打了幾下眼色，囁嚅地在厭惡着霍老師。霍老師揉搓着自己的胸口，倒還向同學道歉了，他只怪責自己老人病，抵不住天寒。坐在前頭的宋輝覷着霍老師走近，全身立即後挺着，頭顱別向右邊，然後雙手就在前頭撥弄，大概霍老師說話時醞着一股味道，宋輝氣咻咻的睨住霍老師，直叫霍老師十分尷尬。霍老師知道自己身體一股汗餿氣，就喟然退了幾步，然後轉身在黑板上裝作寫字。此時，嚴桂在後頭瞅見，迅即佇立起來跑到前頭，提起粉刷就替霍老師刷起黑板來，他請霍老師安坐稍作休息，霍老師連聲表示不必，說自己身體還是可以的。而楊冰忽爾走向課室前頭把窗子都關上，然後開啟課室後頭的窗，窗鉸的響聲戛然而止，楊冰告訴同學們霍老師染病了，前頭的窗開不得，清新空氣自後頭而入。這前頭的窗原是霍老師自己開啟的。坐在第一行的宋輝悻悻然不是味兒，就故意打了幾陣盹，裝作睡覺。宋輝恍似餘慍未消，一時怨艾，把書本擱在桌上，索性裝出齷齪的表情，口裏囁嚅着，一副搞對抗的樣子，憤然地表示自己會向學校投訴一二。就在那年特別漫長的嚴冬後，雖說天氣逐漸暖和，然而聽說學校為獎勵霍老師的盡忠，就讓霍老師參加了一個計劃，有說這計劃叫「肥雞餐」，自此霍老師就沒有再回校上課了。

霍老師仍未離校的最後數個月，楊冰和嚴桂其實老早意料得着。有天霍老師忽然悲從中來，告訴二人自己離開時最捨不得的，就是學校裏的花卉種植，這都是他的心血。

自那次霍老師大病後，楊冰將病歸咎於教室裏的空氣，教室裏本來已經十分燠熱，宋輝等人不知何來的精力，老是把教室弄成一個熔爐，如果你不是早已演變成熔爐裏面的火，你就得甘願讓火焚燒，消磨你的鬥志，銷毀你的青春，消滅你的理想。在宋輝等人不斷散播那毫無生命力的病菌後，教室內就像種下了頹廢的種子，久而久之，就蘊藏着那陣陣烏煙瘴氣來，到底任何人在教室內都難免滋生出霉菌，剛好這心理影響在發酵，連帶霍老師的身體都被波及。及此，楊冰開始在教室內擺放了幾盆吊蘭和綠蘿，吊蘭愛陽光，楊冰把它放在窗旁；綠蘿愛靠陰，楊冰把它放在教室後頭。如此一來，教室裏一剎那都成了綠色地帶，生意盎然；霍老師滿意極了，嚴桂都喜愛，於是嚴桂就創作起抒情慢調的曲兒來，還竟然對着那吊蘭哼着新歌。

楊冰是班內的可人兒，長髮焯焯發亮，每回踽踽的獨自走至綠蘿旁邊，那秀髮的香剛好與泥土的香氣混合，成了眾多男生鍾愛的氣味。只是宋輝最愛挑動楊冰的情緒，宋輝大概以為愈是愚頑愈得楊冰注意，這可憐的少年人！那天宋輝在教室內真箇悶透了，他竟在眾目睽睽下，砸掉了一盆吊蘭，然後再拾起一塊葉片放在口內咀嚼。宋輝表示，為表自己喜愛植物，最合適不過，就是直接把植物吞進肚子裏。全班同學倏地給嚇得默然不語片刻，他們都默着，覺得宋輝到底太瘋狂了。此時嚴桂立刻瞅着楊冰，只見楊冰獨自坐在教室後頭，目光渙散無神，臉上漾起一抹惘然的傷感。嚴桂實在瞧不起宋輝這荒誕不經的愚昧，就兀自從褲袋裏掏出一枚五元硬幣，一逕就往宋輝頭顱擲去，就在同學們唧唧啾啾地談論着之際，五元硬幣一擊即中，剛好擊中宋輝的後腦勺，宋輝轉臉向着嚴桂，卻突然裝起抽搐着的表情，嬉皮笑臉得像小學生般幼稚。楊冰倏忽把座椅猛力地向後推，佇立起來，然後屏着氣地走向嚴桂，髣髣髴髴地拖着嚴桂的手，硬把早已漲紅了臉的嚴桂扯到宋輝跟前，然後楊冰把拖着嚴桂的手舉起，直罵宋輝所作所為何等幼稚，又着嚴桂一起把那盆吊蘭拾起照料。兩人大概情投意合，執拾盆栽時就笑瞇着眼睛，看得宋輝心裏直納悶。此時不知哪位同學忽然提起嚴桂的結他來，數位同學旋即圍着嚴桂和楊冰，一起哼着由嚴桂創作那獻給植物的歌曲來。

冬去春來，夏天已緊隨而至，這夏天正是霍老師離開學校的首個夏天，這年天氣特別不穩定，老是在下雨，四圍都是濕濡的水氣，人就特別欠利落。在這個夏季裏，楊冰彷彿不怕膩，整天都黏着嚴桂，嚴桂最愛在吊蘭下彈着結他哼着歌，縱然天氣越發燠熱侷促，都不礙這植物情緣在緩緩地滋生着。

這是紅彤彤的艷陽天，黃昏天色澄明，一碧萬頃，空氣卻異常單薄翳悶，天上的烏鴉振翅飛快地亂竄，彷彿慌張趕忙地逃命般。霎時風雲變色，那抹艷陽天給那黑暗吞噬，地上颳起狂風，風夾着雨直往露台的玻璃窗上拍打，楊冰一直站在家中露台的窗前，臉上掛着憂心，楊冰心裏想着的卻是學校裏的幾盆四季海棠，她逕自在憂戚倒是無謂，終究把心一橫，竊自從家裏逃到街外，冒着颱風下的狂雨雷擊，跑至學校大門口。此時守衛執着電筒一照，認出楊冰來，就旋即拉開鐵柵讓楊冰闖入，守衛冒着狂雨，囁嚅地在自言自語，就是不明白在颱風天氣裏，這些人為何一個接一個跑到校園裏來。

楊冰彷彿要昏厥過去了，半晌跑至校園內的空中花園。豈料甫抵達時，眼前的人都在敏捷地把一盆一盆的四季海棠搬往教室內，楊冰看在眼內，訝然的把雨傘向後一扔，雙手捂着嘴巴，心裏一陣酸麻，人卻愣愣的站在那裏。忽爾霍老師叫喚了楊冰的名字，請她別只顧站着，着她快來幫忙搬運。楊冰瞥見這場彷彿無法下完的雷雨直往霍老師和嚴桂身上打，她迅即跑向二人，一塊兒在暴風雨中搬移一盆又一盆的四季海棠，直至把所有四季海棠都搬個精光。

霍老師、楊冰和嚴桂在教室內休息，三人都是濕漉漉的，臉上卻堆滿滿足。楊冰不慎地嗆了一口水，咳嗽了幾下，三人更是喜孜孜的相視而笑了。

教室窗外狂風奮力地颳着，偶爾暴雨擊打玻璃，楊冰心裏顫巍巍的。在那教室暈黃的燈光映照下，楊冰瞄着霍老師在撥弄着鍾愛的四季海棠，嚴桂在注視教室後頭的綠蘿，楊冰就逕自走向吊蘭，輕輕地撫摸了幾下，吊蘭在教室內絲毫無損的擺放着，楊冰心裏頓時有份莫名的安舒，正好與窗外的颱風亂象相映着。此際，嚴桂哼起那讚頌植物的曲子，霍老師轉過臉來看嚴桂，霍老師仍是當年的和藹慈祥，大概愛護植物的人都是善良的人。自那天起，霍老師就沒有再回校園了，聽說霍老師賦閒在家，每天都在打理鍾愛的植物，特別是四季海棠。

楊冰覺得此際實在是非常特別的時刻，雖然心裏難以名狀，然而她實在惜愛這一刻，便徐徐地坐在地板上，享受着這靜謐又舒泰的時分。

世界如此——郭攸

班房內悶氣凝聚，抽風機滋滋作響，空調吹來熱風，這燠悶的夏季裏，課室有如工廠，同學每天幹着重複的事情，了無新意，所以誰都在等候新鮮的消息，好讓筋骨活絡，更讓本來早已神志不清的同學，添上一些興奮劑。終於，同學們盼着了，聽說學校突如其來一位插班生，若同學們風聲準確，這插班生不能小覷，今天剛巧是她的首課。

馮曦和王哲早已在竊竊私語，還說早兩天已瞥見她來註冊，人是怪乎乎的。那年，我是這一班的班主任，那天我左手捧着課本，右邊是新生。我們二人走至課室中央，那新來的就介紹自己：「我是郭攸，我是新來的，請多多指教！」原來郭攸說起話來硬梆梆的，就像語言系統錄音程式，逐字吐出來，甚不自在。這真是正中下懷，馮曦和王哲開始東張西望，捂着嘴欲言又笑，大概往後的日子可有一些刺激與玩意兒。慶幸班內可有同學接納郭攸，而我早就安排了郭妍坐在她旁邊，郭妍拼好兩張書桌，就轉向郭攸和藹地說：「我們都姓郭，我單字妍，妍麗的妍。」郭攸吁了口氣坐下，心裏踏實了些，坐下的時候卻仍舊背着那笨重的背包，沒有脫下。

後來，同學們發現，不管什麼時候，郭攸都背着背包。她身材矮小略胖，架着近視鏡，時常笑眯眯的，外表看來與一般同學沒有分別。

馮曦就是愛挑事端，今早科學課是實驗節，老師準備指導同學做實驗，馮曦與王哲固然是一組，只見王哲手執着老鼠屍骸，臉色青白，手仍舊顫抖着，若不是馮曦在，王哲早就暈過去了。馮曦突然從王哲手上搶過老鼠，走至郭攸身旁，然後猛力地將老鼠撻在實驗桌上，拾起實驗刀直往老鼠身上切，為的是要嚇怕這新來的同學，算作對她的一份見面禮。王哲瞥見後就歡喜，覺得馮曦果真本事，這回倒要把郭攸好好的嚇倒。然而，郭攸不但未有害怕，大抵控不住聲量，就在馮曦身旁指着老鼠，大聲説着：「馮曦同學，你錯誤了。」馮曦此時背脊撐得更直，嚷着以自己的本領，怎會要個智商不足的人來指指點點，王哲就在旁幫腔的説了一些不知什麼話。

爾後，郭妍狠狠地瞪着馮曦嘀咕道：「人家是給你意見，你不聽就罷，虧你罵人就是沒教養。」而在旁邊的郭攸倒是沒有異樣，還笑孜孜的說：「馮曦同學，劏老鼠肚皮可要特別留神，一下不上心就會不慎剪開動脈，血就會流淌四圍，如此礙事，怎可得見老鼠內臟？」

馮曦彷彿受不了，就裝腔地說：「這些死老鼠有多貴重？壞了一隻就取另一隻來。」

郭攸聽罷直言馮曦不對，說起話來更像極機械人，然而娓娓道來都是學問。郭攸臉上還是輕鬆舒泰，手執一隻老鼠，輕輕地在老鼠肚皮上動了一刀，然後說：「選擇老鼠不在於貴重抑或便宜，而是因為老鼠是哺乳類動物，有助認識人類。老鼠體內有心臟、肺、肝、胃、胰臟等等，我們只要這樣劏開老鼠肚皮，把腸抽出排好，就可以看見裏面的內臟了。看老鼠內臟可以讓我們認識三個系統，就是消化系統、生殖系統、循環系統……」郭攸一口氣說罷一堆知識，再告訴同學自己已做過多次老鼠實驗了。

郭妍笑嘻嘻搶問：「郭攸，何以如此好學？」

郭攸只說：「自己有興趣找些資料學習而已。」

忽爾，郭攸奮力站了起來，請同學們都讓開，便從同學堆中猛力穿過，衝向實驗室的一隅，獨自坐在一旁看她喜愛的書本，直至下課前，都不再與同學說話。只見馮曦與王哲張着口呆着，倒說不出什麼回應的話來。

郭攸最愛秋天，秋天最自由，人都慵懶，樹葉隨意轉落，清風任意地吹，麻雀在四野啄食，鷹在天空翺翔，都是自由的。她在這秋間的日子，背着背包與同班同學往西貢赤徑旅行。一班四十位同學，在步道上清爽的踏着，彼此交頭接耳，四圍都是歡樂。她卻獨自一人，携着地圖，老早領頭一逕走至草地，仔細端詳青草上的軟泥仍有一點濕濡，就輕翻泥土，發現裏面有一條蚯蚓在蠕動，隨即取了一張輕薄的紗紙，放在蚯蚓前頭，引領牠慢慢地爬到紗紙上，然後把手輕托，將紗紙置在眼前，脱下眼鏡，用心在分析蚯蚓到底是怎樣的結構，和牠身上那色澤的變化。郭攸歡喜極了，到底像生物學的研究，是專門的學問。

半晌，同學們相繼抵達，就在草地四野圍攏，又踢球又追逐，大概就是胡亂奔走，像一羣久在樊籠又初遇自由的鴨子，雜亂無方。郭攸昂首瞥見，忽爾高聲喚着，着同學們都要小心，地上地下都是蚯蚓，一個不留神大家就會將蚯蚓踩扁了。因為同學們都已習慣了郭攸的行徑，誰都不予理睬，幸得郭妍抱着郭攸，直在她背上掃，郭攸才安舒了一點，然而紗紙上的蚯蚓，郭攸仍珍惜地捧着，蚯蚓亦在紗紙上一動不動，似乎在探究四圍的狀況，伺機再作打算。此刻，郭妍心裏不忍郭攸這樣，就告訴她不要如此，這樣大家都不會將郭攸當作尋常人看待。郭攸聽後斜瞅着郭妍，言詞肯定地說：「我有的是自閉症，但我是正常人，智商正常。」郭攸將紗紙緩緩地放在軟泥上，目光一直盯着那蚯蚓緩緩地再次動身，重新爬到那濕濡的青泥上。看在郭妍眼裏，郭攸是多麼可愛，郭妍心裏可多少有些憐愛郭攸，所以，她訕訕的瞅着郭攸，又蹲在她旁邊，陪她將蚯蚓釋放。郭妍把郭攸的手撮起，又摟着她的肩，雖是無聲無語，然而，在郭妍心裏，在這虛實難定的世代中，能有像郭攸般率真爽性的好友尤其難得。郭妍莞爾一笑，在郭攸耳畔輕輕說聲：「我們是好朋友！」郭攸聽後只喟然地說：「這個當然。」

後來，郭妍逐漸發現郭攸特別愛閱讀，聽說郭攸覺得在閱讀的世界裏，所有人和事物都是赤身展現着，那是這個世界本來的面貌。郭攸說她認識《聖經》裏面提及這個世界上有魔鬼，魔鬼將罪帶入世界裏，人就愛犯罪了。不過神的兒子耶穌在十字架上的死就替人承擔了刑罰，還有，信耶穌得永生。郭攸覺得這實在是太神奇了，有時她想起自己偷偷地想了不應該想的事情，就會立時認罪，因為她發覺，這個認錯是免費的，耶穌就會原諒她，所以她總不明白為何大家不信耶穌。

有次郭攸和媽媽在超級市場購買水果，郭攸看見一個男子偷偷取了一個西柚，她就告訴媽媽，媽媽說人家想要一個免費西柚，她就想，如果這個男子向耶穌認錯，那就不只是西柚，因為爸爸說信耶穌得水牛，水牛比西柚值錢。就是因為這事後，郭攸自己攫取了一本《聖經》，開始天天唸起來，才真箇發現，原來《聖經》裏面是沒有提及水牛的，郭攸就天天想着要把這件事情告訴爸爸。

就是這樣，郭攸將《聖經》和科學的書籍放在一起閱讀。恰巧那天是我的閱讀課，全班同學都在圖書館內閱讀自選書籍。在這年頭愛閱讀的到底不尋常，這班同學卻是鮮有的，不止聚在一起學習，還真箇討論起來，耽習所學。只有郭攸，獨獨自攜幾本書籍，坐在圖書館最裏面的角落，眼前是玻璃窗，窗外是蓊鬱綠樹，靉靆迷漫卻徒添一份孤寂。郭攸左手執着分析宗教的書籍，右手捧着科學探知的書本，孜孜矻矻地在發掘這永恆的一瞬。她心裏想着，耶穌和自然，人類和蚯蚓，這個世界本來就是美麗的，我們本來都是自由的，我們都是快樂的。後來，郭攸又發現，原來蚯蚓不懂得人類懂得的知識與學問，於是人類也定必有自己不明白的宇宙，只有耶穌才真正懂得自然界，所以人類到底是一條蚯蚓，根據以上推論，耶穌大於人類，人類大於蚯蚓，所以她就這樣信了耶穌。郭攸又突然想起，仍未告訴爸爸，信耶穌是不會得水牛的，於是她佇立起來，遠眺窗外的雲朵，和那樹上的枝椏，心裏有份莫名的舒泰，有天她要買一頭水牛給爸爸，告訴爸爸水牛是要錢買的。

頃刻，我瞧見郭攸獨個兒坐在圖書館一隅，就踽踽而至，然後請郭攸不如考慮坐在長桌那邊，那邊有同學、有郭妍，可以一起閱讀。郭攸給我打斷了思考，卻仍舊禮貌地對我說：「老師，感謝你。我懂得你的好意！你打算請我坐在同學堆當中，想我可以融入羣體之中，建立羣體生活，這我是明白的。感謝老師的好意。」

「郭攸你喜愛獨自做什麼呢？有想過將來怎樣嗎？」

「我郭攸就是喜愛獨自思考，我喜愛研究，希望將來可以在實驗室裏作一個實驗室助理員，我對這方面比較純熟。媽媽說我不用功讀書，將來會把我送往展能中心，那裏比較適合我。不過，怎樣也好，我希望將來的工作和實驗相關就可以了。」

窗外那枝椏上，一隻小麻雀在那茂密的樹頭一躍遠飛，飛向遠方，而在高遠的天空上，那隻麻鷹，就在天空更上方平行地翱翔着。

我們班裏的大姊——李湲

「各位同學，我們來投票吧！」

「好！」

「同意！」

「支持！」

程鵬站在課室中央，號令着全班同學，大家似乎都沒有異議。我們就這樣決定吧！

只見程鵬走至課室門口，咔嚓一聲，就把課室房門上鎖了。此際，課室中鬧哄哄的，多有同學在喧嚷，程鵬就更加躊躇滿志，意氣風發。

就在此時，安坐在課室窗櫺旁的李湲說：「請同學們再加考慮，別再鬧着玩，這樣做不好！」

程鵬不甘李湲所言，着全班同學不要聽李湲的，待會大家依計劃行事就好。

倏地英文科戚老師在走廊經過，全班同學立時俯下頭來，裝着在溫習課業，戚老師隨即扭動課室門鎖，然而任她怎樣扭，門還是鎖着的，於是戚老師開始拍打課室門，又在窗欞外揮手叫喚，全班同學卻不動聲色，只埋頭伏在桌上裝着；李湲大概心裏作難，瞅着走廊上的戚老師着慌，毅然站立起來，可是附近幾個同學瞪眼看李湲，示意她快坐下來，別生事端。李湲無奈地坐了下來，心裏倒在想，到底是誰在生事端？在李湲眼裏，瞥見戚老師緊捂着嘴，垂下頭來，激動得直磨牙，大抵平生以來未曾給學生如此對待過，戚老師終於氣咻咻地跑了。

此際本來強裝研究學問的程鵬彷彿活了過來，站起來舉手握拳高呼，整班同學樂透地附和着；而李湲心裏倒是納悶，大抵今次又闖禍了，那份酸溜溜的感受唆使她要往教室安慰戚老師。

校園總是一個獨特的地方，老師常常愛説教，每天耳畔都充斥着道理；同學卻常常愛搗蛋，至少是一部分同學，然而搗蛋何干？學生就是在經歷對錯中長大。李湲卻是學校裏的模範生，秀髮筆直，前額劉海，單眼皮兼輕薄嘴唇，時常以手撥弄頭髮，藏在耳背，這樣看來外表更加清純。大抵校園裏時常滋生着搗蛋的細菌，李湲就是校園內的抗生素。然而抗生素不常用，會有抗藥性，所以李湲不會每事都干涉，就在那些同學們不知所措的時候，大家都會問道於她，她就是班房裏面的大姊。

那年冬天，天氣尤其清冷，寒雨一直在下，四圍都濕漉漉的，聽説那天是香港開埠以來最冷的日子，大帽山上早已結了霜，操場上冷颼颼的風刺透了骨，李湲早已穿上棉襖，裹着頭連樣子都看不見，只露出單薄眼睛，眼睛正朝一樓圖書館瞧，誰知道那陣陣雨水打落在操場的水窪上，陽光偶爾折射，水窪耀出閃閃的銀白，這耀眼的光正吸引了她的視線。李湲吁出一口暖氣，形成一陣冷霧，霧氣凝着，驟眼看來，剛好覆蓋着水窪。霧氣散開，一雙腳踏過水窪，濺起水花，那些以為在雨中練習更帥的足球隊隊員，一逕在場上練習。李湲總不明白這些傻兮兮男生的想法。

不出意料，班裏面那兩個大塊頭男生感冒了。翌日回校，只見二人不住擤鼻子，臉上發紅，一時抓耳，一時撓腮，就是坐立不安；而班中大姊李湲就起來責備了，她裝作氣咻咻的，搓着腰又指着二人，吩咐二人不可再逞強。她隨即把手上捧着的一個壺子放在木桌上，打開，一股香氣溢出，壺內盛着一鍋粥，是給這兩個大塊頭男生的。班內的同學們都見慣不怪，已好些年靠着李湲照顧大家，大家在意的是這壺粥到底有剩沒有，可以分得一勺也好。

李湲是個細心的人，就是沒有忘了戚老師。李湲捧着另一壺粥，雖說是上氣不接下氣，然而她瞥見戚老師從教員休息室內走來，臉上就堆起溫煦的羞笑。然後她直向戚老師道歉，述說這班到底是難搞的班別，唯請老師的氣下了，原諒這班乳臭未乾的小夥子。李湲匆匆地打開粥壺，粥還是熱騰騰的，一股煙剛好溢出，熏得戚老師的眼鏡鏡片上都是霧。戚老師趕忙脱下眼鏡，有點兒甩手頓足，一邊取衣服在眼鏡鏡片上抹，一邊樣子愣愣地説：「啊！怎麼又是李湲成了代表？別的同學往哪兒跑了？」李湲沒料到這次戚老師認真起來，曉得事情不是容易擺平的了，就對戚老師説了些恭維話，特別讚賞戚老師的愛心、善良、優秀，説到底就是老師們的榜樣，請老師見諒學生哥們。戚老師「唉！」的一聲説：「李湲，別每次犯錯後都讓你擔上好嗎？程鵬這小夥子我不好好教導他不成，要是他長進，就當學懂自己前來道歉。先謝過你的粥，辛苦你總替班上同學操心。」戚老師把話説完，就趑趄不穩地回到休息室裏去，大抵程鵬這次真要自食其果了。

大概在同學們心裏，最害怕的仍不是怎樣處理戚老師的事情，看來班內不多人掛上心頭，倒是各人都為英文科考試着急起來。香港到底要求外語優秀，好像比漢語還吃重，所以班裏同學都在盤算英文，説到底戚老師已非常用心指導，同學的英語水平就是不成。程鵬是班內英語最遜色的，李湲已不下一次抓着他，要他課後待在溫習小組內，就是要強迫程鵬，讀書總怯不得，問題總得解決。今天程鵬又忸怩作態，像個女兒家，李湲就是不放他，命他坐定下來，好好聽她。李湲説得一口熟練又帶英式口音的英語，大抵明年考進英文系沒有問題；至於程鵬卻精於數學，明年要考進土木工程系，但他到底不明白，考進土木工程系，為何要英文成績好？還得考好中文，和那些與土木工程風馬牛不相及的學科？李湲就不跟程鵬賭氣，只透露怎樣改進英語水平就是，然而李湲倒冰雪聰慧，向程鵬提出交換條件。程鵬只顧調侃，滿面愕然，不理解李湲提出的是啥條件。李湲咕噥道：「我教導你英語，你卻得向戚老師道歉。」程鵬覷起眼睛，昂首搖腦地說：「不會！老師當警惕反省怎樣教學才是。」只見李湲像老師說教，斥責這個不懂事的程鵬性格齷齪，器量往哪兒跑了？是其是，非其非，李湲一點也不容程鵬胡鬧，程鵬大概害怕了她，還是勉強地答允了。

就在明年一月期考前，任誰都在搶奪時間，爭分競秒，畢竟三月就真箇是公開考試期，那兩個大塊頭都暫時擱了皮球，拾起書本。然而這年的聖誕聯聚，是畢業前最後一次歡聚，同學都圍攏在一起，討論聯聚建議。只是班內異常幽靜，同學都羞形於色，不欲表達意見。此際，李湲眼睛瞄了各人一眼，就惋惜大家的情誼，挺身表示自己願意擔下聯聚的事情，只見有幾個女生趨前，願意助李湲一起準備，這次聯聚的討論，就在零落的掌聲下過去了。

聯聚首天，溫度仍未見得有起色，一連兩星期綿綿的雨，陰陰鬱鬱。然而一道清輝的陽光，竟透進課室的百葉簾，剛好映在李湲的脖子後。李湲今天來得早，天氣雖寒，但她抵着冷，早已在課室內繡着昨夜仍未完成的裝飾。原來程鵬在開學初設計了一個大「C」字，代表着他們這一班，而李湲就在各人的班衣上，替每一件縫上一個班徽，班徽是絨造的，繡在衣袖上煞是好看。正當李湲滿足地放下最後一件衣服，同學們陸續回到課室裏。

聯聚開始了，只見同學們在課室內鑽來鑽去，平日用作播放聆聽試卷的唱機，今天換成了播放聖誕曲目，程鵬調整了聲量，四周飄起了一些彩色紙屑，同學們都放下了考試的節奏，舞動起來。程鵬又領着同學們跳得油汗淋淋，看見的都笑彎了腰，李湲就隨着音樂的節奏，輕輕擺動着身子。那邊別有一些同學就只管盯着食物盤，爭着要吃，吃飽就打了兩個飽嗝，手卻拿着一杯可口可樂在灌，好預備下一次飽嗝聲來。

正當眾人最興奮之際，戚老師携來兩盒金色耀眼的巧克力，是送給同學們的聖誕禮物。程鵬隨即瞅着李湲，李湲點了一下頭，程鵬倏地走至戚老師跟前，牽着戚老師走至課室中央，那兩個大塊頭同學立時把音樂調至極細，程鵬果真是滑頭，着人取來一張木椅，他用衣袖抖簌簌地來回在擦，然後請戚老師上坐，又張開雙手，連聲向戚老師說：「對不起，戚老師！」程鵬接着撥弄雙手，着全班同學同聲道歉三次，且一次比一次聲響。戚老師此時正好緊捂着嘴，再暗自竊笑了一聲，就說：「原諒了！」一眾同學隨即齊聲起哄，課室裏都是歡樂聲，又拍掌又歡呼！

李湲此刻站了起來，告訴同學們班衣上已經繡好了徽章，每位同學一件。大家頓時歡騰叫嚷，課室裏所有的都是青春！

那碧熒熒的清輝再次透進百葉簾來，剛好照在程鵬身上，照在那兩個大塊頭的臉上，照在李湲的背脊上，這一班同學今天一起歡聚，明天一起迎向他們仍未知悉的將來。

那股愛護身邊同學的熱情，一直就在李湲心裏流淌着。

四百三十五塊——俞海

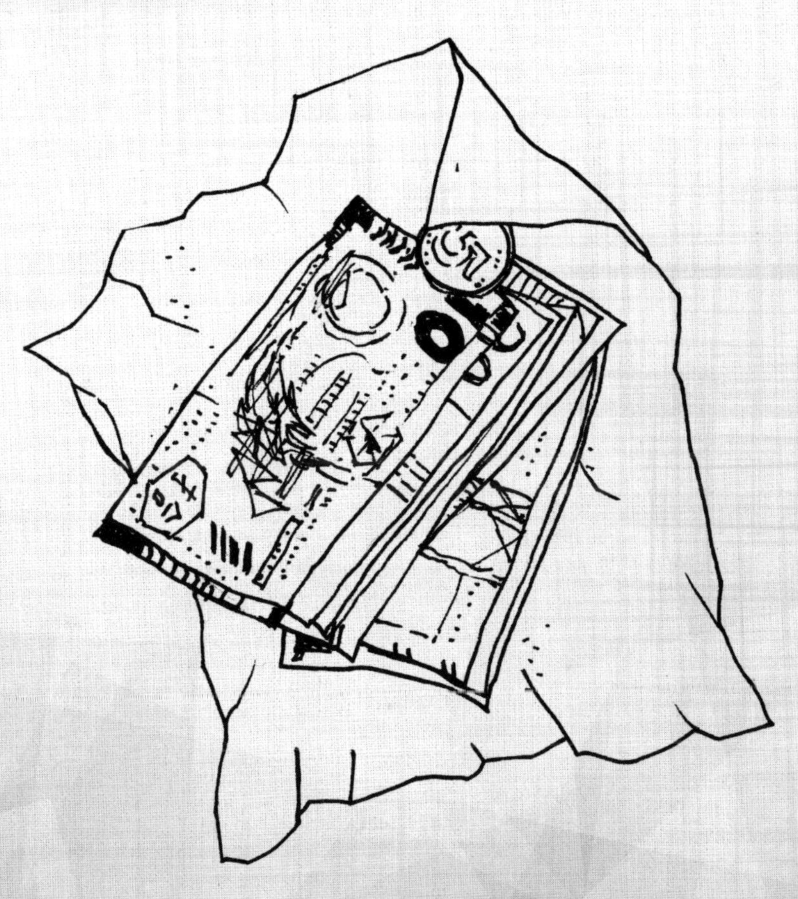

下課後，俞海悠然地坐在小食部的膠板鐵椅上，獨個兒嗑着瓜子，輕鬆自若地唸着課本。猶記得那天陽光從外頭映照在排列整齊的小食部桌椅上，剛好把俞海的全身明暗斷成兩截，這樣一來，本來消瘦的俞海，臉頰更癟了下去，外頭看來就更顯得脆弱，猶幸他性子樂天，在班內最受歡迎。

甫走近俞海，只見他嘴角上撅，瓜子在他手中把玩着，就半帶笑靨對我説：「老師，怎麼你如此空閒？不用批改課業嗎？不怕校長問話嗎？」大抵俞海想像力豐富，竟説起老師空閒，實情是我倒想了解他何以如此喜愛嗑瓜子？俞海涎着臉，吞吐了一回就説瓜子挺入味，吃着吃着就習慣，吃着吃着就飽。這是怎的想法？瓜子又如何可以吃得飽？然而這是我首次和俞海單獨相處。這孩子個子不高，一臉清癯，臉色有些蒼白，人多的時候倒是不起眼，但近處看來，他的目光除了善良，還帶半點自信，彷彿是那盼望着未來的一顆信心。

然而，我倒是起了疑，就是每天午膳時間，我總見俞海自個兒在籃球場上射籃，是圍着籃圈團團轉地射球！這真是怪樣兒，午膳時間人家都急着往校門外跑了，整天上課累着的，到底要鬆一鬆，何故獨自在這裏射籃？還不是一兩天，而是每天！於是，我就往球場去找上俞海。此際，俞海額上的汗水已混和了空氣的霉濕，一雙渙散的眼睛似是沒有了力氣，汗水令短髮貼在額上，頗不自在。我在旁把一樽清水遞給他，他使勁地把籃球一擲，籃球碰着籃板後飛彈至他身後，他就上前接過水樽，把整樽清水飲完，然後就道了聲謝。俞海蹭到籃球場旁邊的木長椅，嘴巴不住的開合，一臉緋紅，還得請我稱讚他技術了得。後來我問起俞海的同學、家庭與生活，他說自己有許多好同學，家裏卻只有父親，母親一早就跟別人走了，留下來的只有媽的告別卡，裏面寫的都是看了也罷的文字，文字悠遠、飄浮，都是一堆叫人難以明白與理解的符碼。我遞了紙巾給俞海揩汗，他傻愣愣的拚命把紙巾掮動，讓一絲微風吹在脖子上，然後又繼續說起，每天放學後，他都會往快餐店上班，除了因為替家裏賺些收入，快餐店還可提供晚餐，畢竟食物又漲價了，如此一來錢又剩多了。俞海說罷，就邀請我一起射籃，他撈起衣服袖子，一股勁兒再奔至籃球場上，拾起籃球，拍了幾下球，然後一擲中鵠。

及後，在一次文化課堂上，論到陶淵明的氣節問題，這不為五斗米折腰的陶淵明，能成為後世典範，對價值觀的追求是高尚的、義凜的；就在此際，俞海失措地說：「五斗米誰也不折腰，你看五百斗米他折腰不折？」隨即引來全班同學附和。我心裏嘀咕，用手拭額，雖然理解俞海的光景，唯覺得俞海有點過於看重物質吧，卻未了解原來精神生活的底蘊是更重要的。於是我這作老師的強說了一番道理，直把道理說個明白；然而，俞海彷彿觸動了神經，不耐煩地把手指頭又掐又捏，眉頭裏赫然流露了錐心之痛，而身邊同學忽爾目光亂投，像在暗示我多說了，我亦曉得應該誤說中了俞海的死穴。

時間常游走在校園裏，這事過後，我更留意起俞海來。一天，午膳前的一課說得興高采烈，好不容易全身而退，看情勢猶須到小食部呷一口檸檬茶解渴。霎時，恰巧給我碰個正着，看見俞海硬把手上的紙幣遞給阿華，他表情有些複雜，嘴巴不住的在說話，而我立即走至他們跟前，嚇得二人愣了一下，像驚覺給我逮住了。在我猶未責備之際，這阿華到底膽子大，異常冷靜地說：「老師，別鬧！」我認真地告訴阿華：「不許借人家的錢！」阿華帶點困惑的說：「老師，借錢倒沒有，還錢就是了。」阿華面帶靦腆，似說非說，道出了原來俞海開學時向同學各人借了許多錢，用以一次過買下整個學年的課本，因為俞海的家不太容易了吧！這真是難以想像的事，這年頭哪有這種景況？事實原來是這樣，我就不勉強俞海多說了，他倒自己說起，是因為政府津貼還未收到，只好向同學賒數一二，看見俞海一副尷尬的乖俏臉，我不由得回了幾分安慰的笑靨。那天，問起俞海大概欠同學多少，又欠了哪個同學的錢，對他說老師給你付清這些賬，將來家裏有錢才歸還吧。就是這樣，事情總算辦了！可是，心裏卻凝着一股憂戚，想這孩子着實可憐啊！

翌日，我開始與俞海一起午膳。午飯間，問及俞海是否喜愛這茶餐廳食物的味道。俞海打趣的説總之就是好味道，多謝老師，這是今年首次午膳。開學以來，原來俞海一直都沒帶零錢上學，回校就靠雙腿走三十分鐘路途，口渴就用飲水機，午膳就吃瓜子。這年頭生活真艱難，孩子就在這樣的環境中活了過來。從此，我就開始和俞海一起午膳了。「俞海，這個月家裏生活怎樣？」我問道。俞海尷尬地笑着説：「爸説錢已花得精光，猶幸爸多找了一份夜班工作，算是幫補。」我説：「不打緊，多孝順爸！」俞海輕笑了一聲，然後把口中的雞扒一口嚥下。然而這一嚥，就是三星期。三星期以來，我們都一起午膳，談了許多故事、哲人與生活，才曉得俞海原來懂得中華文化，他説是爸爸替自己起這名字，「海就是海納百川，有容乃大。」爸希望俞海的一生都有寬容的胸襟，無論對待人、對待生活都如是。確實如此，有時瞥見俞海兩頰的肉就像被挖去，顴骨尤其隆起，面容消瘦，然而談吐間臉上仍是笑靨，説話起勁時拱肩擺手，清一下喉嚨，就是生龍活現，尤其説起籃球明星高比拜恩時，俞海的自信與個子就顯得不大相稱。

那年仲夏，眨眼就是畢業年了。畢業那天，看見俞海又站在操場上，他那圓瞪瞪的大眼睛望着天空，沉默了半晌，然後呼出一口氣，汗水簌簌地流下來，俞海接着對我說：「老師，我要踏進社會了，很期待吧！」當下樹頭的小麻雀倏地飛去，俞海的眼睛就跟隨牠去了。往後的一段日子，我也沒有看見過俞海，聽說公開試後，俞海就在著名的快餐店裏當起長期員工來，直至現在。

新學年又開始了，準備迎來新一批學子。一大清早，我端坐在桌前，忽爾發現寫字桌上放置了一包以白紙摺合成的東西，包裝紙上沒有添上文字，沒有塗上圖案，就是孤零零地擱着。我隨手打開它，發覺裏頭包裹着的竟是紙幣與硬幣，數額是準確的四百三十五塊，就在三個零錢下面，那原來雪白的紙上寫着幾個字：「謝謝您！海。」啊！就是俞海，這個傻孩子，對，一頓飯二十九元，三星期十五頓飯，就是這個數目。自俞海踏進社會，他就開始擔負起家裏的需要，他已長大了，做個成熟人，責任心很重，卻仍不忘曾經吃了十五頓便飯，得了工錢後，就忘不了本，是何等了不起的孩子！

我不難想像俞海在工作時，想必忙得不可開交，呼嚕呼嚕，卻仍然咯咯地笑着，彷彿那圓瞪瞪的眼睛仍舊瞥着天空，瞥着那小麻雀自由地在天空中尋覓着未來。

「海納百川，有容乃大。」俞海這小子家境不整，又個子矮小，形容憔悴，然而他常瞪眼展笑，對生活泰然自若，那份吃得開的生活取態，背後又具堅實的責任感，這是何等本色！那份責任感的堅持，那份對環境的自若，年輕人能執著又能寬厚，有時成年人亦不一定容易拿捏得準確吧！

生命的基因——甯毅

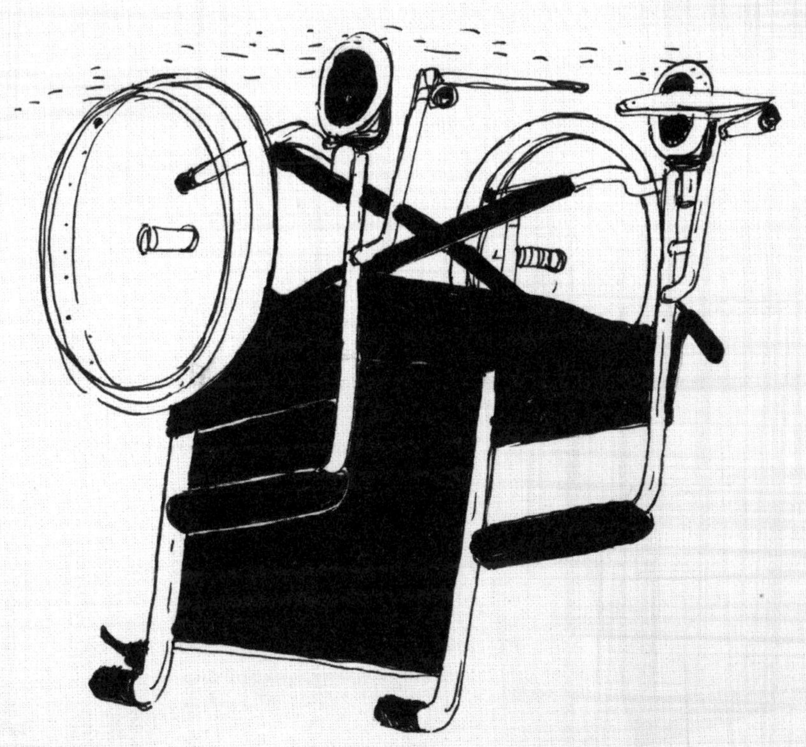

原來，一切都是愛！

全校老師都聚集在會議室中，各人都靜默無語，耐心地等候她的到來。這是一個特別會議，就是為着一位中一新生。雜沓的腳步聲自走廊而至，只聽見校長的高跟鞋履聲響，夾雜着厚實的木鞋聲，聲音自遠處漸次飄來，會議室門打開，校長和一位家長走進會議室。

那位女士架着鋼絲眼鏡，一頭燙髮，慈祥和藹的臉上堆着笑，她先向全體老師鞠躬，然後輕緩地說：「各位老師好，我的孩子是甯毅，我是甯媽媽！」夏蟲的鳴聲自門縫傳來，正好為甯媽媽伴奏着，甯媽媽隨即踏前半步，左手緊握着拳頭，右手捏着一份講稿，深深吁了口氣，一逕告訴老師，孩子患了「杜興氏肌肉營養不良症」，這是罕見的病，或許是隱性遺傳病，或許是基因變異所導致。甯媽媽再瞥看着講稿，倏地靜默了半晌，嘴唇撇了撇，瞪了瞪眼睛，又輕輕的吁了口氣。校長輕柔地在甯媽媽背後拍了拍她的肩膀，甯媽媽點了點頭，額上簌簌的汗水直流，也顧不得怎樣，她懇請老師都愛護甯毅，這孩子未知能活上多少個年頭。只見老師們都點頭淺笑，甯媽媽這陣子才放下心來。

新學年首課，甯毅蹣跚地踱進校園。他走起路來一拐一拐，每回趿着鞋蜿蜒而行，赫然都不爽朗利落，甚是費勁，然而步步走來卻又實實在在。殷晴是甯毅中學裏要好的友人，甯毅走到哪裏，殷晴總伴在左右；不知怎地，殷晴就像與生俱來的愛護着甯毅。

有天早上體育課，體育室內幽幽暗暗的，大概還未來得及清潔，室內都是一股腥羶的異味，牆壁滲着潮濕的發霉氣味，甯毅與殷晴都覺得很不自在。體育室內人影散亂，黑影幢幢，誰都分不清誰的面目，有些同學在一頭咕咕的笑，有些在那頭嘰嘰呱呱，偶爾衣衫毛巾四圍拋擲，大概男生都是喜愛粗獷地相處。殷晴見狀就焦躁起來，他一直攙着甯毅，右手舉起護着，着甯毅步步走來當心。可是不知哪個臭小子，兀自將那雙黑漆皮鞋擱在路中，正當甯毅瞧見皮鞋，情急起來一個踏空，身體一陣酥軟，整個人猛力地倒在殷晴身上，殷晴未料到有這一撞，兩人隨即倒在地上，「呼！」的一聲巨響。甯毅的嘴巴開合了兩下，整個人的力氣像脫得精光，怎都撐不起來；殷晴更是慌亂，只管在大聲嚷着：「甯毅，甯毅，你怎麼了？你怎麼了？」同學們先是一呆，然後逕自走近，打算將甯毅牽扯到橫木長椅上。

此時，甯毅猛然喊着：「請別碰我，同學們，身體太脆弱，實在碰不得。」甯毅身體緊繃了兩下，有些痙攣，然後左手緊攥着木長椅縫，右手抓着殷晴，奮力將自己扯上橫木椅上，接着就是幾下喘聲，甯毅未免用力過猛，一時回不過氣來，就垂下頭來沉默了半晌。一旁的同學怔怔的瞅着甯毅，可是他卻總提不起半句話；倏地，他揪起一件體育衫，揩了幾下額上的汗，把衫輕輕一擲給殷晴，告訴同學們：

「我身體很好，別擔心吧！」

此際同學們才稍為輕鬆了，甯毅閉目打了一陣盹，聽見體育課鐘聲響起，才睜了睜眼，咋了咋舌，向殷晴笑了，殷晴倒是惋惜着甯毅，二人就往體育課去了。

爾後，縱然同學們湊在一起時說着瘋話與戲謔，猶幸各人都珍惜愛憐甯毅。

就是這份赤子之愛，催使甯毅更膽子大了。

那天甯毅與甯媽媽面面相覷，二人幾乎兩刻鐘裏沒有說話，二人點了一件抹茶蛋糕，加上煉奶，咖啡室桌上，放置了學校派發的遊學團資料，甯媽媽就在等候甯毅的考慮，她忽爾起來逡巡了一周，然後走至甯毅身旁，就在他耳根旁，悄聲細語了幾句。甯毅點了點頭，默示了幾下，嘴角竊笑，然後就告訴甯媽媽：「我們出發往利物浦吧！」就這樣，甯毅湊着殷晴一塊兒出發了。甯媽媽就是愛護這孩子，竟一同參加了遊學團，以便照料。原來這些機會，都是愛。

甯毅從小沒有料到自己可以來到英國，還是首次近距離接觸外國人。甯毅不提防那些英國學生作弄，原來外國學子都是一逕的自由，這種點到即止的玩樂很適合甯毅，他覺得與他們合拍得來又受尊重。那天課堂裏，同學們都在討論夢想，甯毅先是沉吟了半晌，微俯下頭來再翹首，靦腆地吞吐着説：「如果我能活過二十五歲，大概要當個科學家，研究一下人類的基因，順道研究一下自己。」正當四周同學都憐愛着甯毅，一位英國女學生姬絲汀向甯毅使了一個眼色，幫腔的告訴大家：

「醫生説，我有心漏症，我恰好都打算當科學家，大概和甯毅可以彼此研究對方。」

這樣一來氣氛都活過來了，甯毅心裏很是喜愛姬絲汀的這種巧妙，總覺得英國人說話裏有些靈動的智慧。

此際，甯媽媽輕輕揩拭了一下水壺，甯毅就懂得媽媽的意思。甯媽媽知道，照顧甯毅還要有些戰略，需要近遠合宜，好讓甯毅感受如何獨立和那份靜悄悄的生活照料。

甯毅在離開利物浦時，頸項上搭着「You will never walk alone」的頸巾，他回首頓足，又張眼眺望，覺得自己眼界開闊了。甯媽媽靜靜地佇立在後頭，甯毅是懂得媽媽的。因為懂得，所以甯毅曉得，這就是愛。

那年初秋，甯毅升上中二，身體開始瘦疲無力，他逐漸曉得，走路大概已不成了。一天早上，我站在校園大門口，瞥見甯毅坐上了電動輪椅回校，自那天起，他再沒法走路了，殷晴仍舊時刻伴着甯毅出入來往。

甯毅開始懷疑，人類醫學到底不是身體問題的最終答覆者，研究基因之先，倒不如詢問：誰創造基因。一天，甯毅就在學校內接受了基督教，因為甯毅相信，神是創造人類的，他就開始在輪椅上閱讀《聖經》，又在平板電腦上，尋找不少關於基因和基因變異的知識。如此一來，甯毅自中二開始，就努力在追求信仰真理與醫學知識的關係。直至中四，甯媽媽有天訕訕笑笑的告訴甯毅，香港大學有個醫務化驗課程，在九龍灣上課，如果有興趣，就可報讀。甯媽媽欠一欠身，笑嘻嘻地眨了左眼一下，就怯怯的走開了。甯毅知道甯媽媽的好意，就着她關掉客廳的大燈，然後暗自扭開那琥珀暈黃的茶几小燈，仔細閱讀那單張冊上的資訊。那夜，甯毅覺得窗外尤其安寧，那柄舊式扇葉仍舊在唰唰地響着，他倏忽心裏一陣火熱，突然覺得生命的輪子在他身內猛烈地轉動着。他瞪眼斜瞅着扇葉，扇葉後懸着那自利物浦帶回來的頸巾，他頃刻驚覺，原來自己還有一些歲月，他不要怠慢，反而要仕有生之年，轉動那生命巨輪，幹點有意義的事情來。甯毅瞥着甯媽媽在房內抹洗着電動輪椅的輪轆，他心裏是何等感謝甯媽媽，思緒裏泛起甯媽媽掛在齒邊的話——「活在當下」，他心裏那碧灼灼的慾望彷彿在燃燒着。爾後甯毅開始在九龍灣上課了。

當那天色蔚藍，高亢的天空上，那隻麻鷹正自在地翱翔。

在校園的禮堂前，一羣舞者在蹦跳着，時而甚是掙扎，時而撐開身體躍動。甯毅坐在電動輪椅上，越發看得滋味。此刻，我告訴甯媽媽，甯毅大抵已拋開了走路不成的困惑了，或許已學會追求那「活在當下」的意義。聽罷，甯媽媽輕緩地抬起頭來，嘴唇緊抿着，然後是微微的點頭默許。甯媽媽雙手合起來，正為這孩子感恩。

隨即，司儀唸出甯毅的名字，只見殷晴伴着甯毅，徐徐地把電動輪椅推至禮堂前頭中央，今天，甯毅表演的項目就是個人演講。甯毅屏了一下氣，左手緊攥着輪椅扶手，右手握着講稿，一逕的唸出自己的生命故事來，甯毅説起話來振振有詞，一雙深邃的眼睛，架着鋼絲鏡架，看來灼灼發亮，甚具自信。甯毅告訴在場人士，生命的意義不在長短，生命的意義，在有限的時間裏能幹上當做和自己喜愛做的事，而做事情背後應有個目的，就是愛。甯毅道出自己的夢想，將來要在實驗室內當上基因研究員，因為他要認真研究，將來可以幫助和他相同的人。甯毅最後感謝甯媽媽，因為甯毅的所有人生觀與價值觀，都自母腹時已來自甯媽媽。只見現場人士聽罷演講，無不佇立起來，熱烈地鼓起掌來。

原來，一切都是愛！

甯毅在這次比賽中獲得「最感動校園大獎」，他把獎座送給了殷晴，又把獎狀寄往英國給姬絲汀。甯毅那天放學回家，在廚房內取出調羹用具，然後用餐刀切開抹茶蛋糕，再醮上奶油，遞給甯媽媽。甯媽媽最愛這獨特的味道，算是母子二人的一個小秘密。甯毅告訴媽媽，這蛋糕是他自家製的，所以，蛋糕當中有自己的基因在其中。二人相視了一會，就喜孜孜地笑了。

甯毅遠眺窗外，那湛藍的天空中，麻鷹仍然自由地翺翔，且飛得更加高遠。